# カフェネコ☆ジャムの人生相談

〜疲れた心を癒す、コーヒーとネコをどうぞ〜



山本陽子

みらいパブリッシング

# 目次



## Spring 春

# Summer

# 夏

*Autumn*

# 秋

# Winter

# 冬

## ―― プロローグ ――

どちらが言い出して
どちらが背中を押したのか
本当におぼえていないのだけれど
ぼくらは海辺のカフェを
始めることになった――

# Café

はじめまして。ケイです。砂浜が見える海の近くで、カフェ☆ジャムの店主をしています。ジャムはいつも一緒にいるネコの名前。でも、ネコがいる空間の提供を主にしたネコカフェではなく、美味しいコーヒーが自慢のカフェです。店主は、実際、ジャムかもしれないなぁ。

ジャムは僕の恋人の飼い猫だった。恋人の名はハル。いつでも、明るく、笑ってた。ジャムとは、何度か顔を合わせはしていたけれど、毎回、僕を一瞥して、どこかに行ってしまうので、とうてい、仲良しにはなれなかった。コマーシャルで評判の大好きシリーズのおやつも失敗、僕の目的を見透かしたように、ちっとも、相手にしてくれなかった。

そのジャムとどうして、今、一緒にカフェをしているかって？

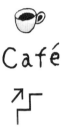

ハルと付き合って四年。結婚を考えていた。二人でそんな話もしていた。ハルの誕生日、プロポーズするつもりで、ハルの好きな店を予約したけれど、ハルは待ち合わせの時間を過ぎても来なかった。そう、ハルが消えた。それは突然だった。

携帯電話を何度も何度も鳴らし、仕事先も馴染みの場所や人も頼って、僕のすべてでハルを探した。でもね、どこにいるのか、何をしているのか、なぜ、いなくなったのか。何の手掛かりもつかめない。僕は荒れ狂って、泣き苦しんで自分を責めた。仕事にも行かず、飲まず食わず。ソファに横たわったまま、深い眠りに落ちたり、瞼を閉じても、神経が昂って、天井を眺めたり、虚無の世界に取り残された。カーテン越しの陽射しで、明けた日を知り、もう朝は来なくていいと思った。

ある日、玄関のチャイムが鳴った。携帯電話の電源が落ちていた僕を心配して、会社の上司が訪ねてくれた。上司は僕の体を気遣い、コンビニの袋から、サンドイッチ、プリン、ゼリー、ヨーグルト、チョコレート、次から次へとテーブルの上に広げた。

「何がいいかわからなくて」

上司はあたたかく、ありがたかった。僕は泣きながら、息もつかず、全部平らげた。

「これだけ食べられたら、大丈夫」

上司は多くを語らず、帰って行った。僕は、次の日から出勤した。心にぽっかり穴が空いたまま、まわりから見れば、きっと、何も変わらない日々を始めた。

仕事帰りや休みの日には、ハルを探しに出かけた。二人の行きつけだったスペインバルのお店で、ハルは一人でも来ていたことを知った。ハルが通っていたスポーツクラブでは、ホノルルマラソンに過去二回、出場したって聞いた。ヨガクラスで仲良くなったという二十代後半の女性から、青色が好きだとか、パクチーが苦手とか、コーヒータイムは至福のときだとか、海が見える場所は落ち着くとか、ああ、言われてみれば、そうだなって、点と点がつながった。

僕はハルの何を見ていたのだろう、僕はハルの何を聞いていたのだろう、僕はハルを知らない。僕はハルを愛していたのではなく、自分の都合のよいハルに作り上げていたようにさえ思えてきた。

「あなたはやさしいとハルから聞いていました」

僕を気遣ってか、ヨガクラスの彼女は言ってくれたけど、笑顔を作るだけで精いっぱいだった。

やさしいってなんだろう。

それから、僕はハルのことを懸命に考えた。川辺を散歩したあの夕暮れも、同じ月の誕生日を祝い、グラスを傾けた真昼も、トーストを焦がしたあの朝も、僕はハルの話を聴いていなかった。聴いているようで、聴いていなかった。たくさん、たくさん、会話をしていたのに、肝心なことは分かち合えていない。僕だけが聴いてもらい、心が軽くなっていた。ハルに、ちゃんと、向き合えばよかった。

それから、僕は人の話を聴くことを大切にした。僕にできるかどうか不安だったけれど、もう遅いかもって、怖かったけれど、僕は変わりたいって思った。勉強をして、上司や友だち、身近な人から、できるだけ交流するように努めた。

ハルがいなくなり、一年経った頃、会社の後輩から相談があると呼び止められた。

「話を聴いてくれてありがとうございました」

後輩の笑顔に僕は勇気をもらった。ほんとうにうれしかった。

その日の帰り道、後ろから声が聞こえた。声の方を振り返ってみたけれど、誰もいなかった。

「ケイ」

もう一度、確かに僕を呼んだ。水たまりを挟んだ先に、まん丸の瞳で僕を見つめるジャムがいた。クロネコで、喉元にある首輪のような白い毛が印象深い。

「ジャム？」

返事はなかったけれど、直感的に思った。この子はジャムだ。ジャムを抱き上げ、家へ連れて帰った。皿に水を入れ、ジャムの前に出してみた。ジャムは、音を立てて、半分ほど飲み干した。

「ノド、かわいてたんだ、ニャ」

慌てふためく僕にまったく動じず、ジャムは手を舐め、大きく欠伸をした。


ジャムは人間の言葉が話せるようになっていた。

僕らは、お互いのことを伝えあった。ジャムは生まれて三日目に、ハルに出会った。大粒の雨が降る夜に、ひとりぼっち。だれも気付かない。だれも助けてくれない。寒くておなかがすいて、気力も果てて、目を閉じた。ジャムはそのまま、意識を失い、目覚めたら、あったかい毛布にくるまれてハルが心配そうに覗き込んでいたらしい。そうだったんだね。僕らの関係はすぐに近づいた。僕らは、来る日も来る日もハルのことを語り合った。ハルのことを全力で考えた。

そして、答えはひとつ。ハルを一緒に待ち続けよう。

どちらが言い出して、どちらが背中を押したのか、本当に、覚えていないのだけれど、ジャムとカフェを始めることになった。海の近くがいいと言ったのは、僕。波音を聞いていたいから、テラスを作ってと言ったのは、ジャム。

そうそう。ジャムは、ネコに徹しているときもあるし、相手によって、会話するときもある。相手はちっとも驚かない。ジャムの不思議。

僕が美味しいコーヒーを淹《い》れるから、そんなジャムが一緒だから、

ねぇ、カフェ☆ジャムに来ませんか。

# 春

春には、新しい季節を感じる一杯を選んでみる。
ほのかな苦みとやさしい甘みに、あの人を重ねたら、
ありがとうって、とびきりの笑顔を思い浮かべる。
新しい人も新しい場所も、きっとあなたの馴染みに変わる。
いつしか、あなたの大切な一ページになりますように。

自分自身

# 落とし物を探して

## ——侮辱されて気持の収拾がつかない

三寒四温で季節の変わり目を行ったり来たりしながら、春は確かにやってきた。テラスに並んだ鉢植えは、チューリップとスイトピーの自然美で彩られ、ぽかぽか陽気も手伝って、ジャムは、いたずらっ子のように、花々の間から顔を出し、ケイは遠くを覗いていた一眼レフの被写体をジャムに変えた。

「こんにちは。海辺で落とし物をしたみたいなんですが届いていませんか」

息を切らして現れたコノミは、どうやら、カフェのお客様ではなかったらしい。

「何を落としましたか」

「それが、わからないんですよね。でも、何か落とした、忘れた気がするんです」

コノミは、「せっかくだから」とキャラメル・ラテを注文し、テラスへ出て、しばらくの間、水平線に浮かぶヨットを目で追いかけ、無表情だったかと思えば、苛ついたような近寄り難い空気を放っていた。ケイは気になり、時間を置いて鏡越しにコノミを見ると、今度は、自分だけの空間に安堵しているように穏やかに、本を広げ、表情を和らげている。

ケイは、タイミングを見計らい、焼きあがったクッキーの試食を勧めるふりで声をかけた。

「探しものはわかりましたか」

「気にしてくれてたんですか」

少し驚いたものの、口元をほころばせ、コノミは本を閉じ、ケイの方に向き直った。


先日、コノミは「急な仕事ができたんだけど、立て込んでいるので頼みたい」と、先輩に小声でささやかれた。本来は、指示を受けた先輩が行うべきところだが、取引先の発注がイレギュラーの工程を要するので、手間がかかるうえに、立案に自信が持てないというのが本音だろう。指示を出した主任と先輩の会話から、コノミは感づいていたが、諍《いさか》いを起こしたくない気持ちが勝り、自分の仕事に段取りをつけ、先輩の仕事に取り掛かった。

「先輩、作ってみました。お願いします」

工程の理由と配慮を口頭で先輩に説明し終わると、大雑把な態度で「ばっちり」と、先輩は椅子に弾みをつけて、座ったまま、隣の机に移動していった。

次の日、先輩に向け、主任の弾んだ声が事務所に響き渡った。

「あの工程、すごいよ。特別枠の急な仕事だったのに完璧、ありがとう」

「いえ。あんなのでよかったですか。お役に立ててうれしいです」

——あんなので。私は？　私の存在は無視？——

先輩にはこれまで怒りや苛立ちを覚えることは度々あったが、今度ばかりは、存在を侮辱された気になり、愕然とした。

それから、一カ月後、猛勉強の甲斐あって、コノミは昇進試験の筆記試験に合格した。あとは担当上司である部長の面接だけ。コノミの良き理解者で、合格も自分のことのように喜んでくれていた恋人には、二週間前に、突然振られてしまったが、昇進すれば、故郷の両親も安心させられる。コノミは面接本番に向け、会社の理念やマニュアルを読み返し、充実していた。ただ、昇進の一次試験に合格した頃から、出勤時に挨拶をしても、給湯室でも化粧室でも、業務連絡で個人的に話しかけても、みんな、どこかよそよそしいというか、ぎこちないというか、先輩にも同僚にも冷たくされているように感じていた。

——気のせいかしら——

新人社員の研修もあり、異動の挨拶まわりなど、慌ただしくなるのは例年のこと。残業三日目、退社したコノミは、帰り道を急いだ。信号待ちのコノミを同期のマイコが後ろから、息を切らして追いかけてきた。

「あの噂は本当？」

神妙なマイコの様子に、コノミはちょっと身構えた。マイコは「気を悪くしないでね」と前置きして、部長とコノミは不倫関係にあり、試験内容を事前に知っていたと専らの話題だと告げた。その噂を流しているのは、先輩だった。最近のコノミに対する職場の風当たりの強さにつながってきた。

「それから、コノミの元カレの新しい彼女は先輩……」

もう、何も言わないで。もう、何も聞きたくなかった。


コノミは、ため息のような深呼吸のあと、自分に言い聞かせるように唇を開いた。

「見返すからいい」

その声は、同情しないでって、張り裂けんばかりの心の悲鳴だった。

「昇進して、国家資格にも合格して、海外研修にも行って、先輩を見返してやる」

ジャムは、涙を堪えるコノミをじっと見つめた。

「先輩は昇進したいの？　国家資格を取りたいの？　海外研修にも行きたいの？　コノミが見返したいのなら、先輩も同じ目標でないとね。先輩がそれを望んでいないのなら、コノミの成功を聞いたところで、ああ、そうですかって話だよ」

ケイはデキャンタを持ったまま、コノミを心配そうに見守った。

「だって、相手はそんなことどうでもいいから。国家資格をとって何になるの？　って言うかもしれない。海外研修より日本で学びたいって言うかもしれない。相手が主任になったら、見返すために課長や部長を目指すの？　もしかしたら、おめでとうございます！って、感心の拍手をくれるかもしれない。そしたら、見返すどころか、相手の寛大さにまた苛立ちを覚えるよ」

コノミはジャムの言うとおりだと思った。

「人を見返すなんて無意味」

ジャムはとびきりのあたたかさでコノミを包み込んだ。

「きっかけは、見返したいでもいいよ。でもね、そんな仕返しみたいなことやめて。どうせ、見返すなら、自分を見返そうよ。いや、自分を超えない？　先輩は、コノミの人生の数ページにしか出てこない相手でしょ」

コノミは、もう一杯、カフェ・オレを頼み、テラスに出て、静かに海を眺めていた。ジャムは肌寒いのか、ケイが脱いだパーカーにくるまって、寝息をたてた。コノミは、夕日が沈むのを見届けて、ドリップ式専用ポットのフィルターに湯を注ぐケイの前に立った。

「落とし物、見つかりました」

ケイは表情だけで、コノミのすっきりした気持ちを感じた。

「自分のために頑張る気持ち」

ジャムは、半分夢の中で、コノミにエールを送った。


また、おいで。

仕事

# 見えない涙

## ——仕事で失敗して落ち込むとき

雲一つない空に水平線がどこまでも伸びている。テラスでくつろいでいたジャムは店内に戻り、深く息を吸った。

「いい香りだね」

「さすが。新しい豆だよ。潮風とコーヒーの匂いは意外に合うよね」

ケイは壁の鏡にちらりと目を向け、ジャムにコーヒーの袋を見せた。

ユウカは、【本日のコーヒー】から、甘くて芳醇な香りで人気が高いフレーバーコーヒーを注文して、テラスに出た。

「ここ、いい？」

いつの間にか、波音を聞きながら、毛の手入れをするジャムの前に座り、目を閉じて、カップに口をつけた。

「おいしい。大切に淹れてくれたのがわかる」

ジャムはケイのコーヒーが褒められるとうれしい。


ユウカは、寄せては返す波を見つめていた。時折、ため息をつき、コーヒーを飲み、込み上げる涙を振り払うように、空を見上げるパターンを繰り返した。ジャムの視線に気づいたユウカが、静かな口調で話しかけた。

「私、先生、失格なの」

ジャムは体を起こして、二、三歩、ユウカに近づいた。

「私ね、子どもの頃から、保育園の先生になりたかったの」

「夢が叶ったんだね」

「うん。今年の春で、保育園の先生をして三年目。子どもたちは、とってもかわいいし、ママやパパに喜んでもらえたり、先輩に褒められたり、後輩もできて、指導することもあるの。去年は四歳児を受け持ってたんだけど、今年も四歳児。去年はね、発表会で、カスタネットとタンバリン、それにピアニカで演奏もしたの。一緒に合わせるだけでもたいへんなのに、みんな上手くて、園長先生もびっくり」

手で楽器を鳴らすジェスチャーを交えて、さっきとは打って変わって目が輝いてきた。

「冷めちゃう」

コーヒーを飲んでからも「うちのクラスの子どもたちは……」と自慢げに、お昼寝、お片付け、おやつの時間に、四歳児として、いかに優れているか、一人一人の園児の名前を挙げ、エピソードを交えて、話が止まらない。

「なのに、先生、失格なの？」

一瞬で表情が曇ったユウカをジャムは見逃さなかった。

「なにかあったの？」


「先生、おはようございます」

早い子は七時半ごろになると、パパやママ、時には、おじいちゃんやおばあちゃんに連れられてくる。深夜まで寝付けなくて、無理やり起こしてきたという一歳児は不機嫌そう。朝からテンションが高い五歳児は自分で荷物をロッカーに入れ、鉄棒を始める。シイタケが嫌いな三歳児は、正義の味方がシイタケを倒す人形ごっこで威勢がいい。後輩のノリコがユウカに聞く。

「今日は大丈夫ですかね」

春先は、復職する母親や父親に合わせて、保育園に通い始める子どもがいる。新しい生活に、慣れるまでは親も子もひと苦労する。

「うん。私が抱きしめてあげるから心配ないって。ママやパパが後ろ髪をひかれることがないように、仕事に向かってもらうのも、私たちの仕事よ」

ユウカは先輩に教えられたことをノリコに教え、誇らしい顔をした。

「あ、アッコちゃんがきましたよ」

母親の自転車の後部座席から下ろしてもらうアッコちゃんはまだ、泣きべそをかいていない。アッコちゃんはそのまま、母親に抱っこされ、園の入り口まで近づいてきた。

「ママもたいへんですよね。もう四歳なのに」

ノリコは毎朝、今生の別れのように号泣するアッコちゃんのママの気持ちを思いやった。

「おはよー、アッコちゃん」

ユウカはアッコちゃん親子に近づきながら、朝の挨拶を明るい声でかけた。最初、まわりの親たちは、気の毒がったり、心配していたけれど、四月も終わりに近づくと、いい加減に慣れたらどう？　といった感じで、それぞれの一日に向けて無関心。または、我が子に夢中でそれどころではない。園児たちもアッコちゃんのパターンにも慣れたのか、見向きもしない。

「いやー、いやだー」

顔を真っ赤にして、鼻水と涙がごちゃ混ぜになってアッコちゃんは泣き叫ぶ。ママが、ユウカ先生にアッコちゃんを渡そうと試みても、指先にぎゅうと力を入れて、ママの新品スーツにしわが寄る。ユウカは心のなかで「痛い思いをさせてごめんなさい」と繰り返しながら、必死に、ママからアッコちゃんを引き剥がした。アッコちゃんは、まだ、大声で泣きじゃくっているが、ママもこれから仕事がある。ユウカは行ってくださいと目配せして、ママは苦しい表情のまま、自転車を走らせた。小さくなるママの後ろ姿を腕のなかのアッコちゃんは、号泣しながら、ちらちら見ていた。

「アッコちゃん、えらいね。アッコちゃん、がんばったね。いい子、いい子」

アッコちゃんの頭に顔をうずめて、まわりにも聞こえるほどの大きな声で、ユウカはアッコちゃんを褒め称え、抱きしめた。

――私、いい先生。やさしい。みんな、見て。私のおかげで泣き止んだの――

ユウカは、アッコちゃんの荷物をロッカーに入れ、先に遊んでいる園児の輪に連れて行き、「みんなぁ、アッコちゃん、よろしくねー」と仲を取り持った。アッコちゃんはユウカ先生を独り占めして構ってもらったせいか、大泣きしたことなどなかったように、先頭きって、ままごと遊びをはじめた。ユウカが、その様子を満足気に眺め、教室内へ入りかけたときだった。太ももを触られ、視線を落とした。

「あら、エリちゃん。どうしたの？　外で遊ばないの？」

エリちゃんは下唇を噛み、潤んだ瞳でユウカ先生を見上げた。

「エリは泣かないでがんばっているのに、どうして、泣いてばっかりいるアッコちゃんを抱っこするの」

エリちゃんがぶつけてきた疑問に、ユウカは動けなくなった。

「えらかったねって褒めるの？　なんにもえらくない。なんにも頑張ってない。エリだって、ママと離れるのはイヤだけど、エリが泣いたら、ママがお仕事に行けないから、頑張ってるんだよ。ほんとうはエリだって、泣きたいんだよ。抱っこしてもらいたいんだよ」

エリちゃんは大粒の涙をポロポロこぼして、ユウカに訴えた。


ケイはユウカの隣に座り、ジャムを膝に乗せた。

「私、何も言えなくて。き、昨日はエリちゃんに申し訳なくて、ほとんど、話せなくて……いや、避けてた。ほんと、最悪っ。子どもの気持ちをなにもわかっていない最低な先生」

ユウカは途方に暮れて、自分を責めた。

「だから、先生失格なの？」

ジャムの問いかけに、ユウカは、しゃくり上げて泣くだけで返事ができない。

「エリちゃんがユウカ先生に成長の機会をくれてよかったね」

「え？」

「強烈に主張する子もいるし、我慢している子もいる。エリちゃんは頑張って我慢していることを、ユウカ先生ならわかってくれるって思ったんじゃない？　案外、ぎゃんぎゃん泣いている子が親の顔が見えなくなると、あっけらかんと、園内を走り回ったりするんだよね」

「そうなの？」

ケイは、ユウカの顔を見た。ユウカは、そうそうって少し笑った。

「明日、今の気持ちを、エリちゃんに伝えてごらん。ママのお仕事のことを考えて、頑張ってたんだねって。気が付かなくてごめんね、教えてくれてありがとうねって」

ユウカは、うなづき、冷めたコーヒーを飲み干した。

「失格かどうかは、エリちゃんが決めることだしね」

ジャムに、ユウカは元気よく返事をして、席を立った。


また、おいで。

自分自身

# 裏切りの証明

## ——恋人を疑う？　疑わない？

ゴールデンウィーク二日目、潮干狩りを楽しむ家族づれで浜辺は賑わっている。舞い踊るように飛んでいたモンシロチョウがジャムの鼻先に止まった。近所の自転車屋のサブちゃんも休憩がてら顔を出し、テラスから、ヒトミとサブちゃんとジャムの何やら楽し気な雰囲気が伝わってきて、ケイは耳だけ、傾けた。

「赤ちゃんができたの」

「そりゃ、おめでとう」

ジャムはしっぽをピンと立てて喜んだ。

「ありがとう。って、私にではないの」

「誰に？」

「元カレに」

「へぇー。今も連絡がくるくらい仲がいいんだ」

「ちがう。SNSで見たの」

「SNSって知りたくない情報も入ってくるよなー、俺も経験あるよー」

サブちゃんが眉のあたりにしわを寄せ、首を横に大きく振った。

「私、彼と別れたの、先月なの」

「え～～～～?!」

ジャムとサブちゃんは、同時に驚きの声を上げ、ケイは洗いかけのコップを放り出して、テラスに出てきた。

「それはもう二股でしょ」

「そっかなー。たまに、名前を間違えられたけど」

サブちゃんの決めつけにヒトミは怒る様子はない。

「二股、確定!!」

「サブちゃん、言葉を謹んで」

ケイが窘《たしな》めたところで、携帯電話が鳴り響いたサブちゃんは、ヒトミの赤ちゃん話に興味津々のまま、自転車屋に戻っていった。

先月、ヒトミは、高校の同級生で、今でも仲良しのフミノとカオルに呼び出された。

「ヒトミさ、もう別れなよ」

「そうそう、別れた方がいいって」

大事な話があるとメールが来ていたので、どちらかの転職とか結婚とか、そういう話だとヒトミは思っていた。

「どうして？」

「あいつ、愛がないよ。この前のヒトミの誕生日も家飲みでプレゼントなしだったんでしょ？」

「うん。夕飯にグラタンをホワイトソースから作ってくれたよ」

「でも、食材やデザートを買ったのはヒトミでしょ」

「うん。いいの、いいの。お花、もらったし」

「それは、あいつが花屋で働いているから職場でもらってきたんじゃないの」

「だとしても、料理をしたりお花を飾ったり、お祝いしてくれたから十分」

フミノとカオルはヒトミを責める気はなかったが、心配していることをわかってもらえない苛立ちから、きつい口調になり、ついには、ぶすっとした顔を見合わせた。

「あいつ、他に女いるよ」

「ぜったい、浮気してるよ」

「まっさかー。ないない」

「もう、三週間、会ってないんでしょ。半年前までは、入り浸ってたのに」

フミノはヒトミの元カレを、そもそも、よく思っていなかった。

「急な仕事が入るから、仕方ないの」

「花屋さんにそんな突然の花依頼ばっかりある？」

「んー、どうだろ。けど、ちゃんと連絡くれるから」

「ドタキャンじゃん。ヒトミをバカにしてるよ」

今度は、カオルが鼻息を荒くした。

「そっかなぁ。ヒトミだからわかってくれると思ったって、いつも言うよ」

「ヒトミは甘いよ。だから、つけあがって何回もやられるの」

「酔っぱらうと電話がかかってくるし、会いたい、会いたいって言ってくれるし」

「何、呑気なこと言ってるの。酔った男なんて嘘だらけよ。ほら、見て」

フミノは携帯画面をヒトミの顔の前に突き出して、スライドさせていった。

「ね！　オシャレな店とかテーマパークとか、デートコースばっかり」

「私のために、下見してくれてるんじゃないかなー」

カオルはヒトミの楽天さに、使命感みたいなものが沸いてきた。

「今、ここからすぐのフレンチの店にいるみたい。現場に乗り込むよ。一緒に行くからっ」

カオルはSNSのチェックイン情報から目的の店を定めた。コートを羽織り、フミノとカオルは立ち上がったが、ヒトミは他人事のように座っていた。

「そうよね、ごめん。ヒトミは行きたくないわよね。私たち、二人で行ってくるわ」

飲み物の片づけをヒトミに任せ、フミノとカオルはドタドタと店を出て行った。


「それで、フレンチの店に彼はいたの？」

「あ、元カレね。いなかったんだって。ひと足先に出たみたい」

ヒトミはケイの〈彼〉という言葉を元カレとのほほんと言い直した。

「でね、それから、すぐに振られちゃった」

「そうなんだね」

ケイは、一連の話から、事実がバレるとか、ややこしいことになりたくなくて、ヒトミを振った気がした。でも、そんなことは言えず、ヒトミの気持ちに思いを巡らせるうちに、西の方を船がゆっくり過ぎていった。ヒトミはバニラ・アイスコーヒーを飲み干し、ジャムの頭を撫でながら、呟いた。

「友だちは浮気をしていたというけれど、わたしは思わないの」

「ヒトミが思うなら、きっと、そうなんだよ」

「そうだよねぇ。思うままでいいよねぇ」

「うん。自分の心は自分で決めればいいんだよ」

ヒトミは穏やかに微笑んだ。ケイはジャムをやっぱり好きだと思った。


また、おいで。

# ムスカリの花

## ——終わった恋を引きずっている

ジャムが希望したカッププリンは昔なつかしい味で、たちまち、人気商品になった。カラメルが特に好評で、最初、ケイは砂糖を焦げ付かせたが「そこは、コーヒー味でしょ」とジャムが決め顔で言い、ケイの試行錯誤の果てに完成した。

「ジャムのおかげで懐かしさと新しさが共存したよ」

「とても光栄です」

ジャムは水栽培で咲いたムスカリの小さい紫の粒の匂いをかいだ。【本日のコーヒー】は、パナマ産の透明感がある酸味控えめの一杯。ヤヨイは迷うことなくそれを選び、ジャムの隣に腰掛けた。

月曜日、彼のSNSを検索して、夜桜のもと、男女複数で戯れる写真を見つけた。

――去年も一昨年も、そこに私はいたのに。彼の友だちとも仲良くなれたのに――
火曜日、取引先とのトラブルで予定外の二時間残業で疲れがすでにピーク。
――こんなとき、彼は、いつだって、おつかれさまって電話で癒してくれた――
水曜日、髪を5センチ切って、ゆるめのパーマをかけた。
――帰り道、ばったり、彼に会ってもいいように、きれいにしておかなくちゃ――
木曜日、レンタルDVDショップで新作コーナーの前で思わず立ち止まった。
――レイトショーに間に合うよう、彼は汗だくで走ってきてくれたなぁ――
金曜日、職場の同期飲み会ではめを外して記憶を失くした。
――隣の個室から、彼が出てきて、やさしく叱ってくれないかな――
土曜日、友だちと遠出して出かけたアウトレットで入ったのは二店舗だけ。
――彼の好きなブランドしか目に入らなくて――
日曜日、少し寝坊して、フレンチトーストを焼いた。
――彼が泊まった朝、おいしいって二枚も食べてくれたっけ――

夕日が落ちて、春風がほんの少し、冷たくなって、波はリズムを変えて、夜の準備を始めたように、空を舞う鳥たちもいなくなった。

「毎日、毎日、彼のことばかり。忘れなきゃって思っても考えてしまう」

ヤヨイは憂鬱そうに目を伏せた。

「忘れなきゃならないの？」

「だって、振られてるんだから」

「そっか。まー、無理に忘れなくてもいいんじゃない。なんでも、無理は体に良くないよ。それにさ、人間は忘れるから生きていけるんだって」

「じゃ、思う存分、彼に浸ってみようかな」

無邪気さを取り戻したようにヤヨイは笑った。

「その顔、最高。ヤヨイにとっても元カレにとっても、お互いが大切な人なら、きっとまた巡り合うよ。ほら、だいたい大恋愛ってそうじゃない？　山あり谷ありでハッピーエンド。一緒に山を登っても下るときは別々かも、他の人と一緒かもしれないし。谷底でようやく気付いても遅いこともあるし、そしたら、また、別の人が手を差し伸べてくれたりして。ヒトミの王子様は今、いずこ？」

「ははは。ジャムと話してると彼を思ってる時間がもったいないと思えてきた」

「そうそう、恋は慌てず、でも、急いで。あ、転ばないようにね」

冗談まじりのエールを送るジャムにヤヨイは手を振った。ケイは、目の前を一礼して出ていくヤヨイに、頼まれていたプリンの箱詰めを手渡した。浜辺に向かうヤヨイは軽やかな足取りで髪をなびかせた。

「僕は覚えていたい。ハルがいなくなってからの苦しみも悲しみも全部」

星を映し始めた夜の海を、ケイは見つめていた。ジャムはケイの心が晴れ渡る日を、月の光に願った。

また、おいで。

# シンクロナイズ

## ——同僚の価値観についていけない

対人関係

桜をモチーフにしたチェリーブロッサムコーヒーが今日から新メニューに並んだ。一人目のお客様のチカコは、「お花見に行きたかったんだけど、これでお花見気分」と屈託なく笑い、目の前に来たホイップクリームの上に散りばめられたピンクのチョコチップに「うわぁ」と声を上げ、スプーン山盛りいっぱいのクリームを大きな口に放り込んだ。

チカコは商社の総務で働いて四年目になる。仕事にも慣れ、先日、任された新規事業のプレゼン資料では、チカコのセンスが他社との差別化に多いに貢献した。営業のミツハシとは、それを機に親しくなり、残業帰りに食事に行き、そのあと、一度だけ、約束をして、チケットをもらったというディナー付きクルーズに行った。いい人だなと思っていた矢先、告白をされたが、自分の気持ちがわからず、困っていた。同期のナオコに相談したが、いつの間にか、クミコとカヨも知っていて、今日のランチでは、ミツハシの話題で持ちきりだった。

「ミツハシはなしだわ」

「え、でも、出世コースよ。部長はかたい」

「まあね。だけど、なんだかいやだわー。それよりさ、ミツハシと食事に行ってるなんて知らなかったしー」

自分が告白されてもないのに、品定めするようにナオコたちはミツハシを議論し合った。

「で、結論。ミツハシ、止めときな。じゃ、ここはチカコのおごりということで」

戸惑いを見せたカヨに、クミコは大声で言い放った。

「ミツハシにどうせ、おごってもらったんでしょ。その分、その分」

知り合いはいないかと慌ててチカコはあたりを見回し、テーブルの上に置かれた会計票を仕方なくレジへ持って行った。

後日、総務部長からチカコは面談室に呼ばれた。主任として管理職を目指さないかという打診に自信はなかったが、自分の頑張りが認められたようでうれしかった。面談室から出てきたチカコにクミコはすぐに近寄ってきて、総務部長との話の内容を、しつこいほど聞いてきたが、担当先から電話があって、なんとか解放された。

帰宅後、明確なことは何一つ言わなかったのに、「私だったら、管理職は面倒」と前置きなく、同期組と題した四人のグループメールで流れてきて、カヨもナオコも賛同した。チカコは、どっと疲れを感じ、風呂が沸いた知らせに、浴室へ向かった。

――今日はご褒美用の入浴剤を使おう――

少し長めに入浴したチカコは冷蔵庫のボトルから冷たい麦茶を注ぎ、ミツハシのことを考えていた。食卓の上で鳴り響いた携帯電話に思わず、置時計を見て、深夜時刻に驚いたが、画面に光った124のメッセージのアイコンに気が遠くなり、携帯電話を裏返した。

次の日、化粧室で食後のメイク直しをしているチカコに、「アサコの送別会行くのね」と鏡越しにカヨが聞いてきた。

「え？　行かないの」

「だって結婚退職でしょ。即、用事があるって幹事に断ったよ。せっかく、あれこれ仕事教えたのにさ。私たちより先に結婚ってなに？」

アサコは、入社時から、交流の多かった後輩だし、迷いなく行く気だったチカコは予想外の状況、何より、その理由に驚いた。

「……もしかして、営業部主催のお花見も？」

「パス、パス。めんどうよ。そんなことより、この色どう？」

カヨは試供品の口紅のことを聞いてきた。

チカコはコーヒーのやさしい味に心解かれ、「少し疲れちゃった」とケイに本音を漏らした。ケイはそんなチカコを、ありったけの気持ちでうんうんと受け入れた。

「桃太郎の話、知っている？」

テラスでストレッチするように右へ左へ転がっていたジャムが、ケイとチカコの間に入ってきた。

「桃から生まれた桃太郎が鬼を退治する話？」

「サル、キジ、犬と一緒に鬼ヶ島へ行くんだよね」

ケイがチカコの返事に付け加えた。

「えらく、コンパクトにまとめたけど、そう」

「その桃太郎がなに？」

チカコが関心を示し、ジャムを急かした。

「クイズ、桃太郎が鬼を退治できた勝因はなんでしょうか」

「えー。強かったから」

「あー。たぶんね」

「じゃ、責任感？」

ケイがチカコに加勢する。

「あー。それもあったかも」

「がんばったから」

「まー。そりゃね」

「何？　何？　教えて」

二人はギブアップして、ジャムの答えに身乗り出した。

「よい仲間に出会えたこと」

チカコはうふふと笑って、それから、大きく笑った。

「今年の桜は今年だけ」

ジャムはカモメが舞う、遠くの空を見上げて、チカコの背中を押した。


また、おいで。

# 桃太郎の勝因

## ——成功に貢献しているのは何か

自分自身

本日、定休日。ケイは、ＦＭラジオから流れる懐かしい一曲に合わせ、ダンスするように、ペルー、ブラジル、ホンジュラス、エチオピア、コロンビアの五つの産地をブレンドしたコーヒーを淹れている。手元を見つめるケイにジャムは言う。

「いつも、ありがとう」

ケイの新作意欲にジャムは敬意を払い、ケイはそれを受け、一礼した。

「そういえば、この前さ、桃太郎の話をしてたでしょ」

ケイは出来立てのコーヒーを保温ボトルに移しながら、ジャムに話しかけた。

「桃太郎の勝因？」

「うん。仲間に出会えたことってジャムは言ってたけど、仲間に出会えても、きびだんごを持っていなかったら、どうなっていたかなぁ。ほら、お腰につけたきびだんごー、ひと

つ私にくださいな♪　って歌があるでしょ」

ケイは歌のフレーズを真面目な顔で歌った。

「ということは、作ってくれたおばあさんって、ケイは思うの？」

「んー、ちょっと待てよ、おばあさんが桃を拾わなかったら。いや、拾ってくれても、二センチずれて切っていたら。いや、おばあさんが川に洗濯に行かなかったら」

「ねぇ、ケイ。それも、勝因になるの？」

「そうだね。じゃ、全部、まとめて、運？」

「うん」

「何、それ、ダジャレ？」

「ちがうよ」

「きびだんごがまずかったら、鬼退治に行ってもテンション上がらないよね」

「また、戻るの？」

「じゃ、きびたんごを美味しく作るスキル？」

「スキルっていえば、鬼を退治できた剣術も？」

休日の解放感なのか、ケイもジャムも楽しそう。ひと段落したケイは、保温ボトルをリュックに詰め、靴紐を結び直し、リスペクトと感謝の眼差しをジャムに向けた。

「やっぱり、仲間だ。ジャムがいなかったら、僕は、二度と心から笑えなかった」

ケイは壁の鏡の前に立ち、一瞬懐かしむような遠い目をした。そしてキャップを目深にかぶり、靴のかかとを二回鳴らした。

「じゃ、いってきます」

ジャムは、どこに行くのか、何時に帰るのか、何ひとつ聞かない。だって、疲れて帰ってきても、喜んで帰ってきても、話を聴くことには変わりないから。

ハブ　ア　グッデイ。

# スミレさんの損得

## ――何もかも引き受けて働くことは損？

仕事

　蕾から三分、五分、七分と花びらを開き、満開になった桜は、惜しまれつつ、葉桜になって、緑々と新芽を吹かす。ジャムが悠々たる自然に感謝する横でケイが大きなくしゃみをした。

「あー、この時期はたまらない」

「子孫繁栄のために花粉を精一杯飛ばしているんだから、寛大な心で、我慢、我慢」

「ジャムは花粉症じゃないから言えるんだよ」

「ほんと、ケイさん。花粉症って春先の楽しみを損してますよね」

　後ろを振り返った先にスミレが立っていた。慌てるケイに、お気になさらずと言わんばかりに、軽く片手を上げ、タピオカ入りアイスコーヒーを注文した。

スミレは、隣の机の島で、鳴り止まない電話に躊躇するハヤトに目で合図し、代わりに電話を取った。

「先輩、ありがとうございます」

何度も頭を下げるハヤトに「クレーム対応は慣れているから」と手を横に振った。ハヤトの直属の上司や先輩は、外回りが多いうえに面倒見が悪く、困っているハヤトを気にかけているうちに何かと頼られるようになった。具体的な言い方を挙げ、すぐに上司に報告するように指示を出した。

「スミレさぁぁん」

今度は同じ部署の後輩、タカコが泣きついてきた。取引先から確認の電話があり、納品日を間違えて入力したことが判明したが、タカコの対応が悪く、電話口で相手を怒らせてしまったという。営業部長直々の大型顧客だということもあり、顔面蒼白で足が震えていた。

結局、スミレは残業になり、学生時代からの夢でようやく始めた、週一回のフラメンコ教室に行けなくなってしまった。

「スミレさん、ごめんなさい」

「大丈夫。土曜日に振り替えてもらうから。それより、遅れるよ」

「ありがとうございます。では、お先に失礼します」

タカコは、遠距離恋愛中の彼氏と待ちに待ったデートらしく、申し訳なさそうに帰って行った。まばらな光を放つ近隣の企業ビルと薄曇った空を見上げて、スミレは、なんだか、損をしている気持ちになった。

ある日、部長が誰に言っているのかわからない声を事務所に響かせた。

「新人がマニュアルと実際にズレがあるって言うんだよね。だれか、マニュアルの見直しをしてくれないかな」

タカコをはじめ、それぞれは聞こえないふりをしている。部長の機嫌が悪くなり、雰囲気に影響すると察したスミレはパソコンをたたく部長のそばへ寄った。

「やりましょうか」

「いいの？　ノムラさんは、システム変更で各部署が落ち着くまでたいへんだろ」

「予想以上にトラブルが少ないので大丈夫ですよ」

「助かるよ。あ、ついでに、懇親会の店探しもいい？　あと案内文と確定人数と」

「はい、わかりました。任せてください」

「本来の業務に加えて、システム変更、マニュアル、懇親会の一切までお願いしてしまって、本当にありがとう」

「いいえ。たいしたことありませんよ」

部長は、パソコンの手を止めて、スミレに会釈した。


「もったいない」

「なにが？」

「せっかく、部長さんたちが感謝してくれてるのに自分で自分を軽く視てる」

スミレはメガネを外して、肘をつき、手のひらに顎を乗せた。

「ジャム、なんだか、私、損してるよね」

「損？」

「他部署のクレーム対応、直属後輩のフォロー、マニュアル更新、懇親会の幹事、数えだしたらキリがない」

「長い目でみたら、得してる、〈徳〉を積んでるんじゃない？　経験や人脈は、この人に頼みたい、この人を助けたいって、いつか人徳になるよ」

「そうだといいなー」

スミレがほほ笑んだところに、ケイがパンケーキを運んできた。

「はい、ピーナッツスイートです」

「メニューにあった？」

「試食。ピーナッツクリームとホイップクリームのとろける融合だよ。スミレちゃんに食べてもらいたいなって思って」

「これも人徳かなぁ」

「そういうことでいいんじゃない？」

ジャムは茶目っ気たっぷりに笑った。


また、おいで。

# 夏

夏には、お気に入りのグラスで喉を潤す。
爽やかな後味で、汗も涙もクールに弾き飛ばしたら、
また、はじめよう。
灼熱の太陽が眩しすぎたら、日陰を探して、休んだらいい。
自分を大切にできる人は、人を大切にできるのだから。
近い未来、あなたの選択が先をゆく希望になりますように。

家族

# 梅雨明けの驟雨

## ——相手に望むことが満たされないとき

気象庁の梅雨明け宣言をきっかけに、夏季限定のビーチショップのアルバイト面接が始まったらしい。自転車屋のサブちゃんは、「今年はどんな若者たちがやってくるかなぁ」と声を弾ませ、アイスコーヒーをテイクアウトして帰った。ケイは夏休みの家族連れに向け、ハニーからクールまで、幅広い味の準備に忙しい。時に、そんな自分の顔を壁の鏡に映して安心するようにケイは新しい空気を吸い込んだ。

おろしたての水玉ワンピースに髪を束ね、ヒカリの大きなイヤリングは少し動くだけで前後に揺れた。ジャムはヒカリの耳元の真っ赤な球体から目が離せない。

「ジャム、これ、狙ってる？」

イヤリングを触り、ヒカリは、ジャムにおどけてみせた。

「ジャムは気づいてくれるのにね」

ヒカリは、オレンジテイストのアイスコーヒーに、ガムシロップを注いだ。


ヒカリはひと回り離れたヨウヘイと結婚して十年が経った。高校の剣道部のOBとしてヨウヘイと出会い、土日や合宿で指導を受けるうちに、個人的な相談もするようになり、年上ならではの包容力でいつの間にか安らぎを感じるようになった。高校を卒業後、二年働いたのち、なんの迷いもなく家庭に入り、今は専業主婦として自営業のヨウヘイを支えている。

玄関のチャイムが鳴った。ヒカリは鏡を見直して、とびきりの笑顔でヨウヘイを出迎えた。ヨウヘイは一日の疲れが吹っ飛び、安堵のなか、食卓に着いた。

「どう?」

「どうって?」

「それ、この前、ヨウヘイさんがテレビで見ておいしそうだなって言ってたから、ネットでレシピを探して作ってみたの」

ヨウヘイは、美味しそうと言ったのはそのときの感情で、食べたいとは頼んでいないと心のなかで思った。

「そうだね。今日はお昼を食べる間がなかったから、夢中で食べてて」

――本当は目の前のサッカー中継に夢中なんじゃない――

会話が弾むこともなくなった。食器を洗いながら、ヒカリは愛されていない、やるせなさで胸が苦しくなった。

次の朝、ヒカリはまだ暗いうちから早起きをして、ヨウヘイに弁当を作った。冷凍食品や作り置きは一品もなく、ヒカリはヨウヘイが喜んでくれるだろうと遠足気分で浮かれていた。支度を済ませたヨウヘイを駐車場まで、いつものように見送りに行った。

「昨日、お昼食べる間がなかったって言ってたから。はいっ」

車に乗り込む間際、ヨウヘイの好きなトムとジェリーのナプキンに包んだお弁当と健康に配慮したハーブティーを入れた紙袋を元気よく手渡した。押し問答で遅刻するのはまずいと思ったヨウヘイは紙袋を受け取り、ヒカリから解放された一つ目の信号で後部座席に転がした。ヨウヘイは仕事の段取りに頭がいっぱいで、事務所に紙袋を持っていくこともなく、営業先で昼食に誘われ、すっかり忘れていた。帰宅して、チャイムを押す前に、かろうじて思い出したヨウヘイは、車に紙袋を取りに戻り、「夕飯にする」とヒカリに何度も詫びた。ヒカリは、「食べさせるわけにいかない。自分が食べる」と頑なに拒否し、弁当を持った手が滑り、床にぶちまけてしまった。

「最悪な旦那だね」

しかめっ面で嫌な言い方をしたジャムに、ヒカリは早口で慌てた。

「でも、私の両親が住んでいる地域に台風経路があると、電話をしてあげたらって心配してくれるの。私が好きなアーティストのライブで日本各地に追いかけても咎めることもないの。この前は、早くに寝ていたら、そのアーティストが出てる歌番組のビデオを撮ってくれてたし。雨が降ったら、洗濯物を片付けてくれていたし……多くは話さないだけで、別に最悪じゃないの」

ジャムは必死にヨウヘイを庇うヒカリが可笑しかった。

「ヒカリは自分のニーズを満たしてくれる人が好きなの？」

「え？」

「そんな風に聞こえたから。ヒカリの思いどおりにならないときだけ怒ってる」

ヒカリはきょとんとするばかりで何も言えない。

「相手への要望が満たされないから傷ついてない？　本当に愛しているなら、相手に何かできるだけで、満たされるもんだよ」

ジャムは空からぽつりと降ってきた雨をよけて、ソファに移動し、ケイは、テラスに座ったままのヒカリに店内に入るように手招きした。

「梅雨は明けたって言ってたのにね」

「傘もないし、夕飯は下ごしらえしてあるので、しばらくここにいます」

「傘、持っていく？」

ケイが貸し出し用の傘が置いてある収納棚を開いた。

「大丈夫みたいだよ」

ジャムは振り返ったケイにレジカウンターの方を目配せした。そこには、ヨウヘイが立っていた。

「迎えにきたよ。せっかくの新しいワンピースが濡れないようにね」

ヒカリはぱっと笑顔になって、ヨウヘイにしがみつくように駆け寄った。


また、おいで。

仕事

# シンプル イズ ベスト

## ——仕事で競争させられるのがイヤ

エミリはアイスコーヒーを選び、「あ」と一言漏らし、「こっちにします」と、かき氷にコーヒーソースと黒糖シロップをかけた期間限定メニューに選び直した。

「お待ちどおさま」

ケイが天然水仕込みの氷をシャリシャリと音を立ててかいた一品は、瞬間に口溶けて喉を潤す。エミリは夏バテ気味の体に冷たく甘く広がる快感に目を閉じた。

「ケイさんってよく働きますよね」

手を止めずに動きまわるケイにエミリは見惚れ、ジャムに同意を求めた。

「一人でやっているからね」

「ジャムは？」

「いるのが仕事」

「ふふ。うまく役割分担ができてるんだ」

「まあね」

「あのね、ジャム、上司が言うの。競争、競争って。私、そういうの苦手。嫌い」

「ふうん。どうして？」

「人を蹴落としてまで勝ちたくない」

「上司は蹴落とせって？」

「そうは言っていないけど、他社にも競合がいてね。私は自分がいいと思うものを作るだけでいいの」

「エミリの仕事って？」

「販売促進や顧客開拓のサポート。市場調査からＳＮＳ関連までいろいろ」

エミリは、かき氷を最後の一滴まで飲み干した。

「ほんと、美味しい。今度はアイスモカ・コーヒーにしよっと」

エミリは上機嫌でカウンターに行くと、片手にコーヒーのグラスを持ち、ケイを連れて戻ってきた。

「ケイさん、次々に新作はどうやって生まれるんですか」

「次々ってわけじゃないけどね、うーん、競争」

ジャムは、さっきのエミリとの会話がケイに聞こえていたと察した。ごくっとコーヒーを飲み込んだエミリは、まゆ毛を釣り上げた。

「競争って必要ですか。自分がいいと思うものを追及するだけじゃだめですか。ケイさんがそう言うなんてなんだかショック」

「エミリの上司は独りよがりにならず、広い視野で捉えてって言ってるんじゃない？　僕は喫茶店でコーヒーを飲んで美味しいと思ったら、まずは、尊敬、それから、やっぱり、悔しい、負けたくないって思う。エミリにはない？　他社のデータ管理ツールが優れているって聞いたり、ＳＮＳへのアクセスが多かったら、自分を信じて選んでくれたお客様のために、もっといいものを提供しようって」

「……思う」

「ね。肝心なのは競い方。マナーとかルールとかあるでしょう。たとえば、百メートル走で、レーンに小石を置くとか服を引っ張るとか、まわりと手を組んでその人だけに野次を飛ばすとか、そういうのは、正々堂々とは言い難いよね」

エミリは一気に腑に落ちたように、晴れ晴れとした表情になった。

「じゃぁんけぇん」

ジャムのいきなりのきっかけに、ケイとエミリは反射して、それぞれがグーとパーの手を突き合せた。

「グーはチョキに勝って、パーに負ける。チョキはパーに勝って、グーに負ける。パーは？」

ジャムは視線をエミリに向けた。

「グーに勝ってチョキに負ける」

「はい、正解。あとは、ケイ、お願いします」

「後出しもだめ、出さないのもだめ、裏で示し合わすのもだめ。シンプルイズベストで考えたらいいんじゃない。じゃんけんはカンとか運かもしれないけど、仕事は創意工夫ができるからね。楽しいよ」

「楽しい？」

「うん、楽しい。自分のためにってなかなか頑張れないけど、人のためにって思うとやり遂げられることがあるよね。でも、結局、自分が楽しくないと続かない」

ケイはジャムを抱き上げ、クルクルと回り、ダンスステップを踏んだ。エミリは、心が軽くなって、明日、仕事に行くのが楽しみになった。


また、おいで。

自分自身

# サトコの明日

## ——決断ができない自分がもどかしい

朝顔と風鈴の音が夏の思い出を蘇らせた。ケイは一昨年、ハルと出かけた夏フェスのＴシャツを引っ張り出し着てみた。大歓声を浴び、光り輝いていたヘッドライナーはその翌月に活動休止を宣言した。メンバーの覚悟と勇気を称えて、ハルと夜通しでライブＤＶＤを観た後、おそろいのマグカップで飲んだエメラルドマウンテンのクリアな香りと深いコクが口の中に戻ってきた。

サトコはため息交じりにメニューボードから目を離し、ケイに委ねた。

「アイスかホットか迷ってしまって。どうしよう」

「今の気分は？」

「陽気になりたい」

ケイはにっこり微笑んで、エスコートするみたいに、カウンターの席まで案内した。サトコは昼寝から目覚めたばかりのジャムの腰元を撫でた。

「私ね、決められないことがあって。さっきのコーヒーだって、いつもなら、簡単に選べるのに……」

「迷うんだね」

サトコはジャムが味方してくれたようでうれしくなった。

「……それで、職場の同僚とのやりづらさを伝えるかどうか、伝えるならどう伝えるか、はたまた、伝えずに我慢をしてやり過ごすか、決めかねているんです。私が相手の一言にいちいち反応せず、やり過ごせばいいだけのことなのかとも思うし。言うことで相手との関係が悪くなって、さらにやりづらくなるのも困る……相手じゃなくて、自分に問題があるのではないかと省みることもあるし。いや、なんとかしないと、営業さんに迷惑がかかっていることもあるし……考えれば考えるほどに自信も無くしていくし、そんな自分にうんざりしちゃう」

ジャムはケイに陽気になりたいと店に入ってきたサトコの理由がわかった。

「同僚がね、明日、地球が滅亡するなら、どうする?!　って、聞いてくれるんです」

和やかに座り込んでいたジャムは、身をよじらせて、怪訝な顔をしたが、サトコは気づかず、続けた。

「そこまで言ってもらっているのに決められなくて」

「明日、地球が滅亡するならどうする？　なんて言ってくる人なんか、無責任」

サトコはジャムの荒立った様子に圧倒され、思わずひるんだ。

「だって、明日も生きていくから悩むんじゃない。明日、地球が滅亡するなら誰とも向き合わずに目の前のことから逃げて、好きなことやってたら、それで終わるじゃない。違うでしょ。サトコの明日は続くんでしょ。相手との関係を大きく変えるかもしれない、明日を、未来を変えるかもしれない決断に悩むのは自然」

そして、最後はやさしく説き伏せた。

「それだけ大切なことなんだから。気が済むまで悩んだらいいんだよ」

ケイはいたずらっぽい顔をして、ジャムの言葉を噛みしめて遠くの空を見上げるサトコに近づいた。

「お待たせしました」

「うわー、かわいい」

「アイスとホットが楽しめるミニミニサイズセット。サトコスペシャルです」

Ｓサイズよりひと回り小さいサイズのグラスとカップが並んでいて、サトコはアイスのグラスを取り、喉を潤した。いつの間にか、大きなパラソルの下で昼寝を始めたジャムをよそに、さっき、サブちゃんが持ってきてくれた夏野菜で何を作ろうか、サトコはケイとメニューで盛り上がった後、残りのカップに口をつけた。

「どう？」

ケイは、サトコが飲み干したことを見届けてから聞いた。

「甘くて疲れが和らぐようだけど……」

「ぬるい？」

サトコは正直にうなづいた。

「コーヒーみたいに、何事にもベストタイミングはあると思うんだ。少々ずれていても、楽しめるし、なんとかなるけどね……会社の人とも、向き合えるといいね」

ジャムは薄目で「やるねぇ」ってケイを見た。だんだん変わっていくケイをたくましいと思った。


また、おいで。

# いたわりの日陰
## ——だれも心配してくれていない

対人関係

ケイが奏でるウクレレは、はじく指先のやさしさで炎天下を忘れさせた。ジャムはメロディーに体を委ねている間に、気持ち良くなって、うたた寝したみたい。

「よくお似合いですね」

ケイはウクレレを置いて、自分のこめかみを指で示した。

「ありがとう。兄のイタリアのお土産なんです」

控えめな酸味に深いコクとほろ苦さのバランスが絶妙のアイスコーヒーを手にしたリョウコは、味わいに笑みをのぞかせた。

「レンズ、黒いでしょ。ファッションモデルみたいで恥ずかしいんですけど、私、目が悪いんです。先天性の白内障で。太陽の陽射しは乱反射するらしくって歩くだけでも怖いときがあるんです。それで、兄が。来週、手術なんです。あんまり、外出はよくないかもしれないけれど、つい、来ちゃった」

「そう、とってもよく似合ってますよ」

ケイは自分にもアイスコーヒーを注ぎ、はにかんだリョウコの隣に座った。

「手術ってたいへんですね」

「ありがとう」

ケイはさっきから、些細なことでお礼を言うリョウコの顔を覗き込んだ。

「もう可笑しくて」

自虐的にリョウコは話し始めた。


エリアマネジャーのリョウコは、休日を返上して出勤することもしばしば。会社は労働衛生の問題で代休を取得するように指示を出してくるが、それどころじゃないと簡単にスルーして呼び出しをくらってもいた。実際、兼務でプロジェクトリーダーもいくつか担っていて、それぞれのミッションの達成を考えると一日たりとも休みたくない。ただ、今回は、このままだと失明すると思うくらい、見えづらくなり、生活にも支障が出始め、リョウコ自身、これはマズイと感じていた。ようやく受診した頃には、眼科医に呆れ怒られ、手術の日程をその場で決めるよう急かされるほど進行していた。リョウコは、視力低下を放置していた反省で凹むなか、看護師の説明で、手術後の数日間は、洗顔や化粧ができないうえに、感染症のリスクを知り、恐怖が襲ってきていた。

――そうよね。目にメスを入れるんだから、リスクは付きものよね。それより、向かってくる鋭い刃先は、どこまで見えるんだろう。メスを入れられた自覚はあるの。いやだ、痛い、怖い、やりたくない――

総務部からは遅刻するなら、代休を取得するように要請されていたが、リョウコは、そんな思いで、病院を出て、会社に向かった。まずは、一番、関わる部下に手術のことを伝えなくてはならない。

「リョウコさんなら楽勝っす。ちょいちょいっと、最近は、半日で終わるらしいっすよ」

上司として「楽勝っす」と軽く言われれば、「いや、私は怖い」とも言いづらい。なんだか腑に落ちないまま、リョウコは慌ただしく会議室に入った。予定より二十分オーバーで終わった叱咤激励の会議の後、駆けこんだコンビニで会った同僚に手術のことを伝えた。

「うちの八十のおばあちゃんも手術をしたばかりだけど、よく見えるようになったって。ぜったい、やった方がいいって」

――ちょっと、待って。私はまだ三十半ば。この先の人生の長さが違うのよ――

欲しい答えが得られないまま、今度は他部署の親しい女性後輩に言ってみた。

「へえー。今、簡単っていいますよね。半休で済むならいいじゃないですか」

リョウコはだんだん、おもしろくなってきた。

「そうだよ。早く治しておいた方がいいよ」「この際だからあと二日くらい余計に有給、取っちゃえば」最後には、「いける！　いける！」

まったく、何がいけるのか。リョウコはそれぞれの返答をおもしろがる余裕がなくなり、だんだん、腹が立ってきた。


「私は怖いんだー。何が楽勝だー、簡単だー、八十のおばあちゃんと一緒にするんじゃないー。目にメスが向かってくるんだよー、いやだよー、もし、感染したらって考えると怖くてたまらないんだー」

リョウコは、海に向けて、叫んだ後、ズズズズと音を立て、アイスコーヒーを飲み干し、氷までガリガリ噛んだ。

「はー、すっきりした」

「そうそう、誰がなんて言ったって、怖いものは怖いでいい！」

ケイはあまりにも、リョウコが豪快なので、囃し立てるように合いの手を入れた。

いつの間にか、テラスの日陰に座っていたジャムがぽつりと言った。

「みんな、リョウコを心配してるんだね」

空っぽのグラスをリョウコは握りしめた。

「大丈夫だよって言ってくれてる。楽勝とか簡単とかすぐに終わるとか」

リョウコは部下や同僚、友達の顔を思い出していた。ぐんと笑顔になって、ハツラツとした声が弾けた。

「今度、みんなを連れてきます！」

ケイはリョウコの好みのブレンドで、手術の成功を祝おうと約束をした。

また、おいで。

# 蝉しぐれ

——「ごめんなさい」の行き場がない

対人関係

今日の雲は切れ間なく、空を埋め尽くした。ここ数年の異常気象のせいか、子どもの頃には見たことのない空の景色があるようにケイは思う。空も海も、そして、大切な人もあたりまえではない。ケイは、サイフォン式コーヒーのフラスコを温めるアルコールランプの炎を弱めた。

「はい、これ、お土産」

ケイは耳馴染みのある声で振り返った。ハルがいなくなり、心果てたときに、コンビニの袋に、サンドイッチやプリン、たくさんの食べ物を持って、訪ねてくれた元会社の上司、トコロザワだった。夏季休暇を使い、家族旅行をしてきたのだという。少々疲れた肌つやのトコロザワは肩の凝りをほぐすように首を左右にかしげた。

「お疲れですか。今、トコロザワさんの好きな一杯、淹れますね」

ケイは鏡越しにトコロザワを見て、上質なクレマとアロマを持つ香り高いコーヒーを選んだ。

トコロザワは人材派遣会社の課長になって六年になる。派遣先、派遣する登録者の確保、派遣後のフォロー、最近では、お仕事相談会から、復職希望者に向けた履歴書の書き方や面接ノウハウなどの教育研修、一日体験型見学会、絵手紙講習やお菓子作りを通じた交流イベントも土日祝に関係なく開催して多忙を極めている。そんななか、ケイの後を継いで、非常に頼りにしているのは、二十代後半のサトウだ。仕事ぶりのみならず、生活面においてもきちんとしていて、トコロザワは特にかわいがっていた。ある日、サトウがトコロザワに時間を作ってほしいと言ってきた。
「じゃ、帰りに駅前のイタリアンでもどう?」
気軽に返答したトコロザワにサトウは「仕事の話なので業務時間にお願いできますか」と目を伏せた。いつもらしくないなぁ。飲みの席でも、結局、仕事の話になるのになぁと思いながら、トコロザワは予定を調整した。

「サトウってタモツですよね」

「そう。ケイもよく知っているタモツ」

ケイのタモツの印象は礼儀正しい、真面目、人の懐に気が付けば入っているようなかわいげもある、好青年そのものだった。


トコロザワは目の前に置かれた退職願に体が震えた。なんの前触れも相談もなく、決意として、頭を下げるタモツに「ちょっと待って」と動揺を隠しきれなかった。

「やりたいことがあるんです」

「なに?」

「特殊な部品を組み立てたり溶接する作業員です」

「ツテはあるの?」

「いいえ。資格を取るために下働きというか実務経験を積まないといけません」

「いつから?」

「僕、幼いときにNASAの特別番組を見て、ここで働きたいって思ったんです。でも、とうてい無理で。あきらめきれず、調べていたら、日本の会社のネジ製品を使ってることを知って、そのネジを扱う会社で働きたいと思っています」

トコロザワは、予想外の状況に配慮できず、興味だけの短い質問を続けたが、引っ越しを伴い、給料もぐんと下がることも、タモツはイヤな顔ひとつせず、ていねいに答えていった。それは、この人にはわかってもらいたい、もらえるという願いのようなタモツの期待でもあることをトコロザワは、これまでの関係から察していた。

「タモツには、向いてないよ。今の仕事とまったく違う分野だし。これまでの経験を活かせるわけじゃないし、ぜったいに失敗するって」

トコロザワは自分が吐きだした言葉に自分が傷ついた。

その三カ月後、タモツは退社した。タモツは最後までトコロザワに対しても仕事ぶりもこれまでとなんら変わりなかったが、トコロザワは、罪悪感から避ける態度を取ってしまい、個人的に飲みに行くこともなく、送別会も派遣先のトラブルを口実に大幅に遅刻していった。


「キャリアアップを応援できない上司がいる職場なんて考え直した方がいいですよって、うちの登録者には助言してるよなぁ……ほんとうは引き止めたかったんだよ。なんであんなひどいことを言ったんだろう。辞めてほしくないって正直にいえばよかった。でも、タモツの夢を邪魔してはいけないと思う気持ちもあって、結局……」

トコロザワは顔を伏せてうなだれた。

「僕は知ってますよ。トコロザワさんのあたたかいところ」

ケイは当時を懐かしみ、支えてきてもらった一つ一つを噛みしめた。トコロザワは、過ぎゆく夏を惜しみながら、ケイのところに来てよかったと思った。

「今、タモツは、希望した会社に入れて、新しい職場でがんばっているみたい。上司や先輩にもかわいがってもらってるって、この前、会社の子が教えてくれたよ。やっぱり、あいつ、すごい」

トコロザワはタモツが作業服を着て活躍している姿を思い描き、ほんとうにうれしそうだった。

「会いに行っちゃだめかなぁ……タモツに謝りたくて」

トコロザワはケイが背中を押してくれるのではないかと期待していた。ケイは、しばらくの間、真面目に考え、大切に答えた。

「タモツはもう過去として、トコロザワさんには、会いたくないかもしれません。僕の返答は……ごめんなさい。主語を誰にするかで変わります」

ケイの正直な意見にトコロザワは感謝していた。ジャムは、どこからともなく飄々とお土産の袋を引っ張ってきた。

「いずれにしろ、がんばってるんだから、ヨシにしたら。ねぇ、これ、何?」

残暑のなか、命の声で鳴く蝉しぐれが今日は心地良かった。

また、おいで。

# It's My Way
## ——友人たちにはつき合えないけれど

仕事

スーツケースを引っ張って、モモカは現れた。美容メーカーに勤務して七年目になり、教育部として、営業部が売ってくれた新商品の使い方の説明をしたり、最新情報を伝えたり、各地の美容室をまわるインストラクターをしている。時には経営者や従業員の相談相手となり、技術だけではなく、人間関係の解決を手伝っていると自負している。今日は、出張途中の移動日だという。今回は二週間で九カ所を巡るのだといい、甘夏風味のアイスコーヒー、アスパラと生ハムとチーズのオープンサンドを頼んだ。

空港でのフライト待ち時間、家族連れやカップル、時には修学旅行生と共にする時間がモモカは好きだ。今日は、空港までのバスが意外に早く着き、飛行機の離着陸が見渡せる喫茶店で取引先からのお礼メールに喜びを感じていた。パソコンを閉じた矢先、携帯電話のバイブ音が静かに響いた。暑気払いにビアガーデンに行こうと同級生からのお誘いメールだ。挙げられた候補日はすべて出張中でその旨をすぐに返した。

「また？」「いつも忙しいね」「たいへんだね」「移動って辛くないの」「私だったら移動時間がもったいない」――

これまで何度言われてきただろうか。長期休暇に海外旅行に行く誘いにも、夏冬のバーゲンにも、全米ナンバーワンと評判高い映画にも、何しろ、日程が合わない。実際、モモカは自分の休みや出張先でバーゲンも映画も楽しめるので、不自由を感じておらず、むしろ、平日割引があったり、待ち時間なしでラッキーとすら感じている。そして、一人行動にも慣れた。自分のペースで気ままに動ける自由がある。なのに、モモカは、まわりから自分の仕事を理解してもらえないことに疲弊する。なぜだか、自己嫌悪に陥る。

モモカは手拭きタオルで指先をきれいにしながら、深く息を吐いた。子どもたちと遊んでいたジャムはモモカの横に落ち着いた。

「介護職は他人の祖父母や親のお世話してるんでしょ、幼稚園教諭は人の子どもを預かって面倒をみてるんでしょ、学校の先生はよその子に勉強を教えてるんでしょ、銀行員は人のお金を管理してるんでしょ、調理師は人のごはんを作ってるんでしょ、って言われたら、怒るよね」

モモカはむせ気味にストローを口から外し、目を丸くした。

「そりゃ……」

「じゃ、モモカは介護職、幼稚園の先生、学校の先生、銀行員、調理師さん、他にもいっぱい、いろんな仕事をどれだけ知ってる？」

「きっと、知らない職業もたくさんあるよね」

隣のテーブルを拭いていたケイも会話に混ざった。

「そうそう。相手は知らないのに言っているだけだよ。だから、気にしない。モモカにしか知らない喜びがあるでしょ」

「そう！　そうなの。ちゃんと喜びを感じられるように仕事してるもの！」

モモカは携帯電話を取り出し、出張先で出会った人たちや土地の食べ物、風景といった写真を見せてくれた。

「ハイ、チーズ！」

三人は体を寄せ合って、一枚の自撮りショットに収まった。


また、おいで。

# へそ曲がりの理屈

——いちいちディスりたくなるの

自分自身

天気予報では、午後から雨が降るらしい。

「週末の花火大会はどうなるんだろうね」

ケイは、テラス越しに海の色を確認しながら、おもむろに携帯電話で台風の進路を調べた。

「このままだと北に大きく逸れるみたいだけど」

「どこにも被害が出ないといいなぁ」

ジャムは秒速で流れていく雲を見上げた。

「ジャム、見っけ」

カゴバックから折り畳み傘の頭を覗かせ、マリコは陽気に近づき、練乳入りコーヒーを指差した。

マリコはスポーツジムに通っている。スタジオプログラムは今から中級エアロビクスだ。開場するとすぐに最前列を陣取る人たちでごった返すことを知るマリコは、十分前にスタジオ入りして、一番後ろの端っこを選んだ。トレーナーが快活な音楽に、簡単な横文字をやたら、英語っぽく、はりきって、声を上げる。マリコも自然に体が動く。

――あの人下手くそだなー。ぜんぜん上達しないのによく前で踊るわー――

トレーナーの声が、それぞれを鼓舞するように、さらに高く響き渡る。

――あの人はちっとも痩せないな――

マリコは心の中で揶揄しながら、四十分のトレーニングを終えた。

「おつかれさまー」「おつかれさまー」

交錯する息切れた声を聞きながら、次のレッスンまで休憩するマリコに、トレーナーは近寄ってきた。

「そろそろ、前の方でいかがですか」

――意外と年いってるんだ――

「あ、大丈夫です」

何が大丈夫か自分でもわからないまま、マリコは定位置に腰を下ろした。

「語学留学？」

——今さら、英語を勉強してどうするの？　仕事は経理でしょ——

「二週間？」

——そんなのただの旅行だよ。留学なんて、よく言えるね。恥ずかしいよ——

「すっごい。がんばってねー」

——どこまで、ペラペラになるか、乞うご期待って感じ——


「花火大会？　彼氏と？　うわー、いいね。あたし、仕事が忙しくてね」

——このくそ暑いなか、あんな人混みに自ら行くなんて、物好き——

「へー、浴衣、着るの？　え、買ったの？　彼氏、ぜったい喜ぶよぉ」

——浴衣なんか着ちゃって、夏に酔いたいのね——

「そうだよね、台風、気になるよね。テルテル坊主、作ってあげるよ」

——ややこしい天気だし、今日にでも、中止になればいいのに——


最近の出来事を息もつかず話したマリコは、無言で退屈そうに、ゴロゴロ転がり出したジャムに気づき、慌てて話を止めた。

「あきれてる？　怒った？　たまってたの。ごめん、つい……」

ジャムは、顔だけ逆さに向けたまま、雲の動きを目で追い、元の姿勢に戻った。

「こんな、自分がもういやなんだ。大嫌い」

「じゃ、いいじゃない。誰にも迷惑かけてないし。相手を不快にするようなことはしてないし、それに、自分がいやなんでしょ？　全部、自分に返ってきているんだから」

「へ？」

「嫌いなんでしょ。自分のこと。ほんとは一番前で踊ってみたいし、語学留学にも関心があるし、花火大会にも行きたいし……なーんて。素直な気持ち」

マリコの表情は花が開いたように明るくなった。

「ここから、花火がよく見える。よかったら、週末においでよ」

ケイは南の空を指差した。マリコは花火大会が待ち遠しくなった。


また、おいで。

家族

# あなたと私
## ——家族だからこそ心配は尽きない

日傘をたたんだヒロエは、平日の休みに海を眺めに来るなんて、贅沢な時間だと店内に入った。そして、すぐにさみしくなった。

「四十も半ばを越えるとクリームがたっぷりなのは胃が重たくなって、夕飯にまで影響がでるの」

ヒロエは壁の鏡を磨くケイに、メニューボードに書かれた期間限定のミントコーヒーを指さした。特に、最近は、キミヒコのこともあり、夏バテしている気になる。砂浜でしゃがんで貝を拾っては母親に持っていく幼児を眺めていた。

「あんなときもあったなぁ。だめねぇ、子離れしないと」

ジャムは眠たい目をこすって、ヒロエのそばに近づいた。

ヒロエは台所の時計を見上げた。あと二十分待って、連絡がなければ、キヨヒコは、今日は帰ってこない。

――離婚して慣れないうえに働き詰めだったあの頃、あの子は心細く、私を待っていたのかしら――

時計を見上げた終電時間五分前、携帯電話に受信音が響いた。

「明日、帰ります」

文末の花の絵が可愛く点滅した。ヒロエはため息をつきながら、「オッケー」とだけ返す。長々と返事をしない方が次の朝、誰とどこにいたか、キヨヒコが自分から話すような気がしていた。

次の朝、ヒロエは、タバコくさいまま、シャワーも浴びず、布団にくるまるキヨヒコが、食べるか食べないかわからないサンドイッチを食卓に置いて、勤め先で一緒だったイズミとの約束のために家を出た。ヒロエは、バスに乗り込み、試験勉強なのか英語の単語帳を開く学生にキミヒコの一浪時代を思い出した。希望大学に入学した春先には、単位を一、二年のうちに取れるだけ取り、四年生は資格習得や就職活動に心置きなく専念すると頼もしかったのに、どうして、変わってしまったのか、憂うつな気分になった。

「キヨくん、元気ですか。今、夏休みですよね」

三年ぶりに会うイズミと近況を伝えあった後、食後のコーヒータイムの話題はキヨヒコだった。イズミは、キヨヒコが高校生の頃に数回会ったことがあり、気に懸けてくれていたのだろう。春先の話や家事を手伝ってくれるなど体裁のよい話だけで終わっていればよかったのだが、知らないうちに悩みごと相談になっていた。

「いくつかバイトを掛け持ちしてるんだけど、一つのバイトがね、最初は終電に間に合うように帰ってきて、次の日、一時間目からでも必ず出ていたのに、だんだんなんとかなるってズル休みするようになったの」

「キヨくんが！」

驚いたイズミに、キヨヒコを庇うようにヒロエは続けた。

「学校には必ず行くように言ってくれる先輩もいるし、なかには、そういう朝まで連れまわす先輩もいるの。先輩次第ってとこかしら」

「キヨくん、何をしてるんだか。一浪して入ったのに」

それでも、イズミはキヨヒコを咎め、ヒロエは少し後悔した。


焙煎と仕込みがひと段落したケイもコーヒーを淹れて、テラスに出てきた。ジャムはヒロエに「キヨヒコくんが心配？」とそっと聞いた。

「はい、息子がどんな人に出会うか、とっても心配です。いい人にだけ出会ってくれたらいいけど」

「いい人ねぇ。流されるのも流されないのも本人。キヨヒコくんが誰と出会っても、自分で見抜く力を持っているかどうか。見抜けなかったら、また、やり直す勇気をもっていれば大丈夫」

「本人……そうですよね」

ヒロエは、しばらく海を眺め、おもむろに手帳を開き、ペンを取った。

【私　あなた】

「ジャムさん、あなたのところには大切な人の名前を入れて、間の言葉を考えてみて」

「と」

ジャムは答えた。ケイは瞬時でハルを思い、言葉を飲み込んだ。

「さすが、ジャムさん。私はね、私のキヨヒコ、の、だった。いやになっちゃう」

「どうして？　私のキヨヒコ。いいじゃない。だって、キヨヒコくんはおなかの中にいたんだからねぇ。命懸けで生んだんでしょ？」

——命懸け——

予定日の十日遅れ、帝王切開で産声をあげたキヨヒコを初めて抱いた午後を思い出した。

「ヒロエさん、キヨヒコくんを大切に、大切に、育ててきたんじゃない？　なんだかね、そんな気がする……キヨヒコくんも成長して、いつか、私、と、キヨヒコになっているといいね」

「ありがとうございます」

ヒロエは貝殻を拾っていた母子が手をつないで帰っていく後ろ姿を自分とキヨヒコに重ね合わせた。

「僕の母親は僕が赤ん坊のときに、蚊に喰われてほっぺたを真っ赤にしているのを見て、蚊を探し出して、見つけたら八つ裂きにしてやろうと思ったたって言ってましたよ」

ヒロエは思わず噴き出したが、我慢していたのか、大粒の涙があふれてきた。

「母は無条件だからねえ」

ジャムの愛ある言葉に、ヒロエは救われた気がした。


また、おいで。

# 秋

秋には、気持ちのままに、のんびりしてみる。
いつもの公園も並木道も自然美で彩られたら、
あたりまえではない日々に深く耳を澄ましてごらん。
人とすれ違い、自信を失くしたなら、僕が言ってあげる。
あなたらしくていい。あなたらしくがいい。

# 鏡の色

## ——君がくれた勇気を思い出して

ケイ自身

晴れ渡る空に大きな入道雲が悠々とそびえている。ケイは、テラスに出て、海を眺めた。海は鏡のように凪ぎ、先週末の連休のにぎわいが遠い日に思えるほど、静かな平日の午後だ。ケイは、自分がブレンドしたコーヒーでお客様が笑顔になる喜びと、それをハルと分かち合えない現実に涙を堪えた。

ハルとは大学で知り合った。学部は違ったけれど、学内の中心にある広大な芝生の上に足を伸ばし、本を読むハルと目が合い、僕は思わず、会釈をした。ハルは微笑み、また、本に目を落とした。僕は、それから、学内でも最寄り駅でも、ハルを探すようになった。

時を経て、半年後、二年生になり、単位取得のために申し込んだ特別講義の一番後ろの席で、ハルを見つけた。

仲良くなるのに時間は長くかからなかった。でも、それは、授業の前後だけで、僕らは、卒業式で顔を合わせることもなく、それぞれの道を進んだ。社会人としての生活にも慣れた二十代最後の年、仕事帰りにフットサルを楽しみ始めた頃、僕はハルと再会した。ハルは変わりなく美しく、奥手の僕は、自分でも驚くほど、大胆に、その日のうちに、ハルを夕飯に誘った。ハルは懐かしそうに僕を見て、大学キャンパスの芝生の上で出会ったときと変わらない瞳で「うれしい」と小さく微笑んだ。


僕らは、毎日のように会った。ある日、喫茶店で、ハルは、「鏡って、何色？　何色だと思う？」って無邪気に聞いてきた。予想外の質問に少し戸惑う僕に、ハルは、「ずっと、気になっていたの」って、一瞬だけ、前のめりで僕の瞳を覗き込み、照れを隠すようにコーヒーを一口飲んだ。僕はハルの質問に「正解！」と褒めてもらいたくて、真剣に考えた。

「白？　銀？　シルバー!!」「最後は言い換えてるだけ」ってつっこまれたり、

「無色？　透明？」「それも、言い換え」って、呆れられたり、

「わかった!!　七色!!」「それは虹だよね」って笑い合ったりして。

お互いのこれまでを語りながら、未来も少し見つめながら、あっという間に最終電車の時間になった。まだ、帰りたくないなって思いながら、地下鉄に揺られ、乗り換えの駅の

別れ際、僕はハルに少し遠慮がちに言ってみた。

「決められない色、決めなくてもいい色なのかもしれないね」

「鏡の色は自分に見える色、見えた色、でいい？」

同じようにどこか遠慮がちに僕の目を見たハルに、僕は胸を張り、自信をもって言い切った。

「変わるし、変えられる。自分次第」

「一緒に考えてくれてありがとう」

ハルの弾けた笑顔に、僕は二度目の恋をした。


「今日の海は静かだね」

タイミングを見計らったように、膝の上のジャムが話しかけた。


――ハル、今、鏡の色はどんな色？――

ケイはジャムの温もりを感じて、自分の鏡の色を心に描いてみた。

# ヒヨドリの群

## ——嫌われ者でかまわないし！

対人関係

空は雲一つないスカイブルー。なのに、なんだかノスタルジックな気分にさせられる。

ケイは今月の満月に合わせ、月見団子にコーヒー餡を入れてみたけれど、なかなかうまくいかないようで、計量カップをまた取り出した。

「ケイって繊細なんだけど、大胆なの」

ジャムはカウンター越しのケイに見入るイクコに声をかけた。

「大胆なの？」

「そう」

「そんな風には見えないけど」

イクコは海を渡るヒヨドリの群れを眺め、ミルクコーヒーを半分飲んだ。

「ピーヨピーヨ……か」

ジャムはイクコのさみし気な雰囲気が気になった。

四時間目。イクコは少し離れたH館へ急いだ。いつもどおり、L館の３０８の教室には、教室変更が貼りだされていたが、数名の生徒だけが知らなかったようだ。苛つきを露わにした生徒がイクコに「どいて」と舌打ちして睨み、なぜだか、イクコは気力を失くしてしまい、しばらくの間、そこから動けなかった。

「先週、教室の変更の告知をしておいたよね。学生用のホームページにも掲載したけど、見てなかったの」

講師は遅刻したイクコを必要以上に叱責し不機嫌の矛先を向けた。イクコは先週、祖母が他界し葬儀のため、授業を欠席していた。祖母の急死で、心身ともに疲れ、ホームページの確認もせず、玄関の掲示板も素通りしてきた。自分が悪いとはいえ、誰も声をかけてくれない。友だちがいない。イクコは慣れた気さえする孤独のルーツを着席するなり、探ってみた。父親の転勤で小・中学校の間に五回の転校を繰り返した。父は常に忙しく、各地域で馴染めない母は気持ちが滅入り、家庭内は殺伐としていた。学校では、小学校三年生の転校で仲良くなった頃に別れる辛さを経験したが、「お手紙書くね」「返事ちょうだいね」とカードをもらい、友情みたいなものを感じ、うれしくもあった。引っ越し先からすぐに手紙を書いたが、誰からも返事はなく、去り行く人の軽さと捉えたイクコは、いつしか、積極的に友だちを作らなくなった。ゆえに、多感な時期に、たまに会う祖母がイクコには唯一、心のままに甘えられる存在で、最期に会えなかったことも悔いていた。

「じゃ、近くの人とペアを作って。一人が紙の端を押さえてもう一人が強く引っ張って」

講師の説明中に生徒たちはざわつき、隣席ごとにペアを作り始めた。席が離れている者は、講師に急かされ、立ち上がったり、移動してペアが出来上がっていった。イクコは、自ら動くこともできず、講師にも気づいてもらえなかった。教室全体が盛り上がるなか、イクコは配布されたA４サイズの白紙に、おもむろに落書きをした。こういうときのやり過ごし方は知っている。目を閉じて、別世界だと思えばいい。


「ひとりでも大丈夫なの。ひとりで生きていくから友だちがいなくてもいいの」

イクコは自分に言い聞かせるようにジャムに呟いた。

「ひとりで生きていくなんて、傲慢」

コーヒー餡がうまくでき、上機嫌でテーブルに向かっていたケイは、試作品を運ぶ足を止めた。

今日も食堂はごった返していた。イクコは経済的に余裕がなく、ほとんどお弁当を持参していた。慣れない食堂の流れ、相席の声かけやタイミングがわからず、トレーを運びながら右往左往するイクコに、食べ終わっていても話に夢中だったり、荷物を置いていて、「どうぞ」と勧めてくれる人はいない。そのとき、肩にかけていた荷物がすれ違いざまに誰かにぶつかった。イクコの体は半回転し、トレーは、メニューをぶちまけて、宙に飛んだ。

「ごめんなさい」

「おい、なにやってるんだよ」「早く片付けなよ」「ちょっと濡れたじゃん」……

冷たい視線が刺さり、イクコは、まわりにいる人全員に嫌われていると思った。こわばる体をなんとか動かし、布きんを取りに行き、その場を詫びながら、一人で片付けた。


「嫌われたっていい。孤独には慣れたし、嫌われる勇気はあるの」

自虐的な言葉とは裏腹に、胸を張るイクコの膝にジャムはぴょんとかけ乗った。

「そんな勇気、いる？　どうせ、勇気を出すなら、素直になる勇気にしない？　誰かがイクコを頼ってきたら、イクコはできる限りで力になろうとするんじゃない。打ち明けてみることとさ。自分で声を上げないとね。素直な人に親切にしたくなるものだよ。おはようって言ってごらんよ。簡単でいいんだよ」

ジャムは諭すように言い、イクコは涙目で鞄の中から、ペアになれなかった授業のＡ４サイズの紙を取り出した。ケイはテーブルにそっと試作品を置いて、近くに腰をおろした。

「こんな落書きしてたんです」

――ひとりぼっち。嫌われ者。それでいい――

イクコは自分で書いた言葉が恥ずかしかった。

「思い込みが世界観を作っていくんだよね。よーしっ」

ケイはイクコから紙を奪い、くしゃくしゃと大雑把に丸めて真上に放り投げた。

「これで、さようなら〜〜〜〜」

呆気にとられたイクコにジャムは得意気な顔をした。

「ね、うちのケイ、繊細で時に大胆でしょ」

イクコは大きく笑った。


また、おいで。

# Smoking Crisis
## ――恋人の隠し事が許せない

紅葉だよりがあちこちで聞かれるようになった。今日も、砂浜にはコーヒーを片手に、軽食を食べる人がいる。ケイのお手製、パウンドケーキは、季節に合わせて味を変える人気メニュー。今回は、「秋といえばハロウィンかな」ってケイとジャムは相談し合って、パンプキンハニーに決まった。


レジ前に立ったミキオは、しばらくしてもメニューが決められず、後ろの人を気にして、列の横に逸れた。行列が消えても、ミキオは、メニューボードから目が離せない。

「ブラジル産の酸味が効いたコーヒーはいかがですか」

ミキオはケイに声をかけられ、口元をゆるめ、ゆっくり首を縦に振った。ケイが新しい豆の封を開け、いい香りが風に乗った。「少し時間がかかる」と伝えられたミキオは、テラス付近の椅子に腰をかけた。

「パンプキンハニー、あと二つだよ」

ジャムはミキオに勧めた。

「甘いのは苦手で」

「あのコーヒーにはよく合うよ」

「やっぱり、買ってきます」

言いながら、ミキオは立ち上がった。


ミキオはジャムの隣に戻ってきてたが、会話することなく、携帯電話の画面をスライドさせていた。ケイがコーヒーを運んできて、ミキオは、ようやく顔を上げ、コーヒーを一口含み、パンウンドケーキを頬張った。

「ほんとだ。おいしい」

「男性にも人気なんです」

「へぇー。ケイさんってなんでも得意そうですね」

ケイは夢中で食べるミキオの姿にうれしくなり、休憩がてら、自分にもコーヒーを淹れた。

ミキオは、マリンスポーツの話から、最近飼い始めた熱帯魚の話、どんどん話題を振っていった。ケイと波長が合うのか、コーヒーを選べず、メニューボードの前に立っていたときの雰囲気とは違う。

「ケイさんはタバコを吸う女性をどう思いますか」

「どうだろう」

ケイは何かあるような気がして曖昧に答えた。

「僕の彼女がタバコを吸っていたんです」

ジャムはちらりと顔を上げ、ミキオを見た。ジャムの視線に気づいたケイは、ジャムの気持ちを汲むように座り直した。

残業を終えて、ミキオは恋人のヨシノに連絡する。
《こっちはちょうど休憩中》
タイミングが合ったせいか、すぐに返事がきた。ヨシノは駆け出しの舞台女優だ。といっても、知り合いのパスタ屋で融通を効かせてもらえるアルバイトをしながら、映画のエキストラやＷＥＢのＣＭ、テレビの再現ドラマ、当日にならないと映っているかわからない、知り合いでなければ見逃してしまう脇役の仕事をもらい、まさに勉強中という状況のなか、数カ月に一度、小劇団と呼ばれるオーディションに受かる。チケットノルマに追われることもあるし、そういったことは気にしなくていいうえに、出演料をもらえることもある。先月の公演では、森の妖精、女王の家来、星からの使者と何度も役を変え、セリフをもらえていた。今月は、共演者から声をかけてもらったカフェを会場にした公演で主役の恋人役を演じ、終演後は、写真をねだられていた。

ミキオは学生時代からの恋人であるヨシノが、夢に向かって邁進する姿が頼もしく、ヨシノの広がる交友関係についても、自分だけが知るヨシノがいることの優越感で余裕すら感じていた。公演中の期間限定のSNSや共演者のブログなどを閲覧する楽しみが日課になっていた。稽古の様子や仲間たちと笑い合って差し入れのお菓子を頬張るヨシノ。「今日は衣装をつけての通し稽古でした」と書かれてあると、緊張して疲れているだろうなと、合鍵を使って、ヨシノが好きな抹茶味のスイーツを冷蔵庫に忍ばせておいたり、筋肉疲労に効くとパッケージに書かれた入浴剤を、食卓の上に置いて自分だからできることにも満足していた。

《今日は共演者紹介をします。モリヤマヨシノ。ヨシノとは休憩時間の喫煙所でよく話をします。僕のことをヘビースモーカーと言っていますが、ヨシノは一日一箱ペースなので、彼女の方がヘビーです!!》

画面から文字が流れた。音も消えた。ミキオは愕然とした。

「僕、彼女がタバコを吸うって知らなかったんです」

ミキオの言葉にケイも表情を曇らせた。

「ヨシノは小・中・高とバスケの選手で、県の選抜メンバーとして、活躍してきたんです。大学では膝の故障でレギュラーにはなれなかったけど、練習をさぼることなく、コツコツ頑張っていた。バスケがほんとうに好きだった。女優だって、健康キャラっていうか、健康美をウリにしてやっていきたいって話していたんです。なのに、タバコ。しかも、一日一箱って。お金がないって言ってたから、二人で食事をするときには、ヨシノが喜ぶ店を選んで全部出していた。僕だって、欲しいものがあるけど、そのために我慢もしてた。舞台だって、観劇するために無理をしてでも時間を作った」

ミキオは、もう止まらない。

「いつから吸っていたんだろうって。稽古帰りにタバコくさいこともあったけれど、ヨシノがタバコを吸うなんて夢にも思っていないから、臭いが移ってたいへんだねって心配したこともあった。でも、ヨシノは特に何も言わなかったんですよね。だから、この前、ライブ会場でトイレにいってなかなか帰ってこなかったのはタバコを吸ってたから？　僕が風呂に入っている間に、コンビニに行って、まだある飲み物を買ってきたのは、タバコを吸いにいってたから？　タイ料理にいったとき、ほんとうはタバコを吸いたかったのに我慢してたの？　すべてを疑ってしまう……もうヨシノが信じられない」

ミキオは、砂浜を散歩するカップルに鋭い眼差しを向けた。

「タバコを吸う人がそんなに嫌なの？」

ケイはそこまで言うミキオに何か理由があるのかもしれないと思い、聞いてみた。

「他の人はいいんです。ヨシノはだめなんです。勝手にタバコを吸っていたヨシノを許さない。もう、応援できない」

夕日に照らされたミキオの頬には涙がつたっていた。

「自分の理想にあてはめたかったんだね」

ジャムの一言をきっかけに号泣したミキオは何も言わず、店を走り出た。心配でミキオの背中を目で追うケイに、ジャムは「心配ないよ」って言うみたいに、ゆっくり瞬きをした。


後日、紅葉の色づきが本格的になった頃、ミキオは二人連れでやってきた。

「パウンドケーキはショコラナッツなんですね。ヨシノ、食べる？」

隣にいた女性は、無邪気にうなづいた。

「コーヒーはラテ、ヨシノは？」

「えっと、カプチーノで」

「じゃ、それをテイクアウトでお願いします」

ミキオはヨシノを気遣いながらも堂々としていた。ヨシノがジャムの頭を撫でにテラスに出ている間に、ミキオはケイのそばへやってきた。

「彼女、タバコはすぐにやめたって。ちょっと吸ってみたかっただけって」

「そうなんだ」

「彼女、アスリートでずっとやってきたから、好奇心っていうのかな、そういうのもあったみたいだし、ヘビースモーカーの先輩に付き合わざる得ない状況もあったみたいで」

「そう」

「嫌な気持ちをさせてごめんねって。僕も謝りました」

ケイはミキオがヨシノとお互いに向き合ったのだと思った。素直にうらやましいとも思った。

「じゃ、砂浜へいってきます」

ミキオはヨシノに声をかけ、二人は、砂浜へ続く階段を下りて行った。

ケイは、砂浜をじゃれ合って歩くミキオとヨシノを目で追いかけていた。

「大丈夫」

ジャムは、ケイの顔を見上げて、微笑んだ。ケイは泣きたい気持ちをぐっと堪えて、波打ち際のミキオとヨシノに大きく手を振った。

また、おいで。

# ダイスケの一歩

## ――みんなの応援で引っ込みがつかない

自分自身

今年の紅葉は残暑のせいで、例年より遅く、色づきはじめたらしい。ケイはこの季節が好きだ。

「ケイさんはどうしてカフェをやり始めたんですか？」

渋みとコクのバランスに定評があるエキゾチックビターを選んだダイスケは、壁の鏡を磨く手を止めたケイに、興味深く聞いてきた。

ダイスケは大学を卒業して、事務用品のレンタルを含めた販売店の営業に就き、四年目。仕事にも慣れ、取引先とも良好な関係を築き、安定した営業成績を収めていた。それでも、「小」に近い中小企業で上司が辞めない限り、自分の昇格は期待できないことに不安と焦りを感じていた。たまたまのトラブルや上司の失言に、思い描いた職場ではないと不満を

自分で大きくして、ここ最近は迷ってもいた。

「ウノちゃん、自分でやればいいのに。ぜったい、うまくいくと思うよ」

初めて自分で新規開拓したF社のトヨダ社長は、独立して十二年。三十代半ばのトヨダは、悲喜こもごもの毎日を語りながら、いつも活き活きとしていた。ダイスケは会うたびに、独立を勧められ、胸の内を誰にも話していないのに、トヨダ社長はお見通しなのか、はたまた、俺に醸し出す成功の匂いがするのかと、ダイスケの気持ちは大きくなるが、今日も謙遜して、首を横に振り、営業の本題に話を戻した。

大型連休は、カレンダーどおりに休め、一年ぶりに高校の水泳部の集まりに顔を出した。県大会やインターハイを目指し、練習に明け暮れた毎日は、お互いを戦友と称え合うほどの仲間でともに成長した。大学や就職を経て、それぞれの道を進んだ今、教員として、水泳部のインターハイで表彰台に立つ選手の指導をした者、産地の特産物サイトを立ち上げ、流通事業を始めたばかりの者、昇格して一軒家を購入した者、芸人としてテレビ番組に呼ばれ出した者、ダイスケの耳に飛び込んでくるのは、仲間の輝かしい活躍ばかり。

「で、ダイスケは？」

隣の席のセイヤにビールを注がれた。

「俺は……独立するんだ」

ダイスケは同級生の活躍の話に、酒のペースが進んだ酔いの勢いが手伝い、豪語してしまった。

「へー、独立。それはすごいよな」

「俺は部活の副顧問なんだ。早く自分のチームを持ちたいんだよな」

「俺は特産物の流通を立ち上げたって言ったけど、親父のコネもあったし、出資金を面倒みてもらってるんだよ」

「俺の一軒家だって、昇格がきっかけみたいだけど、頭金は嫁の実家頼りで同居。実は肩身が狭いんだよね」

「俺も似たようなもんだよ。もう二度とテレビには呼ばれないかもなー」

――俺は、俺は、俺は。ちょっと、待って、ずるい。いや、ずるくない――

「じゃ、ダイスケの独立を祝って、カンパーイ」

二次会、三次会でも、毎回、自分のために乾杯され、「同期の星!!」「かっけー」「応援してるから」と賛辞され、帰り際、「設立パーティーやろうぜ」とまで、仲間たちは喜んでくれた。

「ダイスケは愛されキャラなんだ」

「ジャム、ほんとうに悩んでいるんだから」

茶化したジャムをケイは窘めたが、ダイスケは、無反応で、テーブルに顔を伏せ、脱力した。


水泳部の集まりから一カ月が経った頃、ツトムから電話があった。マネジャーのナツコの結婚式の二次会を手伝ってくれという。……ということは、また、みんなにすぐに会う。ダイスケは考えただけで頭が痛くなってきた。

「店も内容もだいたい決まっているからさ、ダイスケは当日、乾杯の挨拶をやってほしいんだ。今、ノリに乗っているんだからさ、適役だろ」

「ツ、ツトム。実は……」

「何？　実はもう事務所、決まった？」

「あ、いや……」

「さすが。独立ってさ、千一って上司が言ってた。千社のうち一社しか一年後には健全な運営で残っていないんだって。ダイスケの勇気、ほんとうに尊敬するよ。ま、ダイスケは有言実行で結果を必ず出してきたから、独立も失敗することはないよな。じゃ、また、連絡する」

興奮まじりに称賛するツトムに、ダイスケは腹も痛くなってきた。


ケイは水を持ってきて、顔を伏せたままのダイスケに声をかけた。

「思い出しただけで、あちこち痛くなってしまって、すみません」

ケイはダイスケの背中をさすって介抱した。落ち着きを取り戻したダイスケにジャムは聞いてみた。

「ダイスケはどうしたいの」

「独立はしてみたいんです。でも……失敗するのが怖い」

「正直だね。具体的に何が不安なの？」

「失敗したらどうしようって、失敗したらどう思われるかって、そればっかり。まわりの期待にも押しつぶされそう」

「失敗したらどうしよう、じゃなくて、失敗したらこうしよう」

ダイスケは目から鱗が落ちた。

「何が失敗なのかわからないけどね。お金なのか仕事内容なのか人脈なのか、ボーダーを決めて、また、正社員に戻るとか、そのときのリスクも想定しておけばいいの」

ダイスケは夢中でジャムの話に聴き入った。

「だから、調べないとね。ケイもおいでよ」

ジャムはダイスケとケイに講義をするように、テラスのテーブル席に、二人を並ばせた。

「日本人の主食はなぁに？」

「お米」

「じゃ、ケイは昨日の朝、何食べた？」

「トースト」

「昼は？」

「ハンバーガー」

「夜は？」

「パスタ」

「あれ。ケイ、日本人の主食はお米じゃないの」

ダイスケは頭痛も腹痛も飛んでいった様子でジャムとケイの顔を交互に目で追った。

「今みたいに、日本人の主食はお米って多くの人は言うけど、実際はそれ以外のものを食べてたりするよね」

「うわー、なんだかおもしろい」

ダイスケは体をのけぞらせ、興味を示した。

「ダイスケは独立に向けて、ちゃんと調べたの？」

「え」

「ただ、漠然と、失敗したら、うまくいかなかったら、ダメだったらって、たらたらたらモンスターで動けなくしてるんじゃない」

「何、それ。新種の妖怪？」

今度はケイがふざけたが、ジャムは取り合わず、進めた。

「調べることで実際に見えてくることがあるよ。それに、誰のための転職なの？」

ダイスケは一番大切なことを忘れていた気がした。

「ほんとうの友だちはダイスケが前を向いている限り、応援してくれるよ」

学生時代の厳しい練習を支え合い、目標に向かって、駆け抜けた仲間を思い出し、ダイスケは、さわやかな表情で「調べてみます」と元気よく帰っていった。


ダイスケを見送った後、ケイはテーブルの片付けでグラスを取った。

「コップの水。半分しかないって思う人、半分もあるって思う人で取り組み方も結果も違うって聞いたことがある。半分もって人がやっぱり、いいんだよね」

「ちがうね。何のために水が要るの？」

ケイはジャム先生の講義の続きを受けるように、目を輝やかせた。

「お風呂を沸かすには、それじゃ足りないよ。喉を少し潤すだけなら余る。楽天的になり過ぎることも悲観的になり過ぎることもなく、ケイくん、目的を見極めよ」

ジャムはダイスケのはじめの一歩とケイの成長を心から願った。


また、おいで。

仕事

# テリトリー

## ——平和な環境を守りたいのに

ケイがワカコに選んだホットアップルパイに合う一杯は、リンゴの新鮮さと甘酸っぱさをさらに引き出す後味のよさがあった。

「アップルパイには紅茶だと思ってたけど、次からもコーヒーにしよう」

こんな風にお客様に新しい発見があるとケイはとてもうれしい。

満腹になったワカコはテラスの秋風を受け、ジャムとおしゃべりが止まらない。

「でね、この前、ケイがＤＶＤを借りてきて、なんて言ったと思う？」

「この映画、よかったよ、とか」

「犯人は主役の探偵なんだけど、おもしろいから、一緒に見よーって」

ワカコは目をぱちくりさせて、「えー」と笑った。

「でしょ。そしたら、犯人を知って観るっていう別の楽しみ方があるからってケイは反省してないの」

「その発想、楽天的。で、ジャムは見たの？」

「見た。斬新な視点で楽しめたよ」

ケイは、聞こえてくるジャムとワカコのたわいもない会話に幸せを感じていた。


課長のもと、女性が八割を占める総務課で働くワカコはスドウ主任の傍若無人な仕事のやり方にほとほと疲れていた。課長は職場の雰囲気を知ってか知らずか、どこ吹く風。ワカコは、いつの間にか、自分のテリトリーを守っていればいいと割り切って仕事をしていた。

ある日、同期のホノカから、夕飯の誘いを受けた。

「だから、もう、私たちが言うしかないのよ」

「そうですよ。スドウ主任はイエスマンを従えて個人攻撃してくるので、言い返せないし、私が間違えているかのように言われ悔しいです。お願いします」

ホノカと二人だと思っていた居酒屋には、後輩たち三人も来ていて、一人ずつ、スドウ主任への不平、不満をエピソードトークした後、頭を下げて懇願した。すでに、一週間後、ホノカはスドウ主任に直訴するために面談の約束を取り付けていた。

「もちろん、ワカコも一緒に訴えるのよ。毎日、昼休みに打ち合わせするから」

ホノカはこのまま理不尽なことばかりが続くと後輩たちは離職を決めてしまうのではないかと本気で悩んでいる様子だった。


「それで、なんの話かしら。手短にして。忙しいの」

「ス、スドウ主任には徒《つ》いていけません。威圧的で意見は聞く前に却下、都合が悪くなると曖昧にして、トラブルになると部下のせいにする。でも、部下の頑張りは自分の手柄のように課長に報告する。もう、みんな、疲れています」

ホノカは震えていた。スドウ主任は冷たい視線で一瞥し、ワカコに目を向けた。

「タキノさん、言いたいことは？」

「………」

「言ってよ。どうしたの？」

ホノカはワカコの腕を掴んだが、ワカコは無言のままだった。

「みんなって嘘ね。そう言えば、私が困るとでも思ったの。タキノさんは付き合わされたのね。二人とも、早く仕事に戻って。このことは課長に報告させてもらいます。いいわね、ナカノさん」

スドウ主任は、ホノカだけを窮地に立たせるように名前を最後に呼んだ。ホノカは顔を真っ赤にして、更衣室へ駆け込み、ワカコも後を追いかけた。

「ひどい」

「……スドウ主任は課長に報告しないでくれると思うよ」

「ワカコよ。ひどいのはワカコよ」

ホノカは涙をぼろぼろこぼし、ワカコを憎悪で睨みつけた。

「黙ってるなんて、卑怯」

――卑怯――

心配した後輩が更衣室に入ってきた。ホノカから状況を知った後輩は、軽蔑の目でワカコを斬った。伝言を受け、順番に入れ替わる後輩たちに、同じ視線を向けられ、耐えられなくなったワカコは定時と同時にタイムカードを押し、電車に飛び乗った。


「卑怯って、同僚の言い方はひどいよ」

ケイは、ワカコを庇うわけではなく、心のなかで思ったことが口に出た。

「ワカコは主任を本当はどう思っていたの？」

何も言わないワカコにジャムは誰も批判せず、問いかけた。

「主任に何を言われても、どんな態度をされても、その場だけ我慢すればいいだけのことだから……めんどう、自分の仕事を早く終わらせたいっていう気持ちがあった」

ワカコの本音をケイはじっと聴いていた。

「同僚のホノカには？」

「後輩思いですごいって思う。でも、私を巻き込まないでとも思う……ほんとうに、職場の人間関係ってむずかしい」

「ワカコは職場の人とどうありたい？」

海岸近くのバーベキューブースで賑わうグループを羨ましそうに見ていたワカコは、ジャムの質問を余韻させ、夕日が差し掛かった水平線の彼方に答えを探した。

「ジャム、私はね……」

ワカコが考えている間に、ぐっすり眠ってしまったジャムが起きるのを待ち、ワカコは、はっきりゆっくり教えてくれた。

「職場平和。自分の大切な場所だから、一緒に働く人と平和でありたい……最初は、そう思ってたのに、どうして、忘れちゃったのかなぁ」

澄みきった夜空に輝く北斗七星とカシオペア座を、ワカコは眺めるように見上げた。

「明るさも大きさもいろんな星が集まって星座なんだよね」

ケイにストールを巻いてもらったジャムは、もう一度、目を閉じた。

「来週、紅葉の天ぷらを揚げるから、おいでよ。よかったら、また、コーヒーを選ぶよ」

ワカコは朗らかに返事をしてケイに微笑んだ。


また、おいで。

仕事

# どんくさい後輩

## ——何度も同じことを言わせないで

昨夜、自転車屋のサブちゃんが薄《すすき》を持ってきてくれた。薄越しの満月は風情があって、久しぶりにサブちゃんと飲み明かした。

「ケイが俺の話を聴いてくれるから、つい。ありがとうな」

酔いが冷めたサブちゃんは、淹れたてのコーヒーを味わい、朝焼けを背にして帰っていった。ケイはサブちゃんの言葉を思い出し、壁の鏡に映った自分に、ハルのことを問いかけた。食器を並べ変えるケイの前に、本日、一人目のお客様、アズサがカウンター越しに立っていた。

アズサはファミリーレストランでアルバイトをして五年。一カ月前、店長から新人のアルバイトを紹介された。

「今日から入ったシミズくん、初めての飲食でのバイトだけど、ホールと厨房と両方入ってもらう予定だから、いろいろと教えてあげてね」

大学一年生だという彼は、頭をぺこりと下げ、「……します」と言った。

――おいっ。これから接客業するんだから、ハキハキしてよねっ――

「ホールと厨房、どっちもやってって店長が言ったの？」

「いえ。僕がどっちがいいかわからなくて」

――二つに一つが決められないなんて、優柔不断。どうせ、すぐに辞めるわね――

「お客様が入ってきたら、チャイムが鳴るから常に見てなくてもいいけど、音が聞こえたら、メニューを持ってすぐに案内して。メニューはここ」

――おいっ。返事は？――

「それから、お水を作って、おしぼりと持って行って、ご注文が決りましたら、こちらでお呼びくださいってテーブルの呼び出しブザーを押すように説明して」

――おいっ。聞いてんのかよ――

「チャイムが鳴ったわ、行って」

アズサはあたふたするシミズを少し押して、急かした。

「あ、メニュー」

手ぶらで出入口に小走りで進んだシミズは慌てて引き返してきた。次の週もその次の週も、曜日と時間のシフトがほとんど重なるアズサは必然的に指導担当者になった。シミズは同じミスを繰り返しては、アズサから怒られ、まわりのスタッフは、人手不足のなか、せっかく見つかった新人バイトが辞めていくのではないかとヒヤヒヤしていたが、アズサの態度に言い返したり不貞腐れることもなく、人の二倍以上の時間をかけて、仕事を覚えていることも確かだった。

「店長。シミズくんみたいな厨房でもホールでもどっちでもいいなんて言う人、採用しないでくださいよ」

「両方できる人がいたら、みんなが助かると思ってね」

「助かるどころか、まだ、ホール業務を覚えるだけで手を取られてますよ」

アズサは店長が後ずさりするほどの大きな態度でタイムカードを押した。

「バイトくん、やる気なさそう。どんくさそう」

アズサは、チョコレートモカを飲み干し、顔を洗っていたジャムの横に座った。

「それは、アズサの主観でしょ。バイトくんは仕事をなかなか覚えられなくて、困ってるんじゃない」

アズサは胸がチクリと痛かった。五年前のシミズと似た自分を思い出した。

「仲間なら助けてあげてよ。どこでつまづいたのか、どうしてできないのか、一緒に考えてくれる人がいるだけで気持ちがラクになるものだよ」

ジャムの言葉を黙って聞いていたアズサは、落ち着かない様子で足早に去っていった。


それから二カ月後、アズサはシミズを連れて現れた。

「とっても美味しいコーヒーを飲んでもらいたいと思って」

アズサの後ろから顔をひょいと覗かせて、シミズは挨拶した。

「今日は私のおごり。ケイさん特製のマロンタルトも食べる？」

半分振り返って、少し先輩風を吹かせたアズサがケイは微笑ましかった。ケイと秋のスイーツで盛り上がるアズサをよそに、ジャムはシミズに「慣れた？」と耳打ちしてみた。

「はい。最初、だめだめだったんですけど、アズサさんがどうして覚えられないのか、一緒に考えてくれたんです。遠慮してたら、仲間でしょって言ってくれて。気持ちがラクになったら、自分から教えてもらったことの確認もできるようになって。休憩時間もしゃべるようになって、夢も聞いてもらえたんです……応援するねって」

「なに、ジャムと内緒話？　はい、じゃーん!!」

アズサは、にこにこしながら、トレーに乗ったカフェラテとマロンタルトをシミズの前に差し出した。シミズはフォークでマロンクリームをたっぷりさらい、「最高です！」と目じりを下げた。

また、おいで。

# ディスカウント
## ——コンプレックスにとらわれて

自分自身

店内にはコスモスが飾られた。【本日のコーヒー】は柑橘系なのにアーモンドテイストの不思議な味わいが楽しめる一杯、ケイの好みだ。うろこ雲を眺めるジャムに「ここ、いい？」と聞いて、ノゾミは静かに腰をおろした。

帰り道に通りがかるセレクトショップには、ようやく、新しいコートが並んだ。

——これであきらめがついた——

並木道の色づいた銀杏の葉を見上げ、ノゾミは、ため息を漏らし、帰路についた。チャイムを鳴らしても誰も出て来ず、ノゾミが自分で玄関の鍵を開けた瞬間、リビングから母の高らかな声が響いてきた。

「あら、おかえり。ノゾミちゃん。見てみて、似合うでしょー!!」

何度もガラス越しに憧れたコートが目に飛び込んできた。姉のシズカが母の称賛を受け、ファッションモデルのような身のこなしで、鏡に向いてポーズを決めていた。何も言えないでいるノゾミに「やだ、あまりに似合いすぎているから、言葉が出ないのね」と母は笑った。グレーをベースにしたウール生地に薄い赤とオレンジの細線と緑の太線が映える。そのチェック柄の長丈は、スレンダーな身体ならでは着こなせるデザインで、まさに、シズカのために作られたかのように似合っていた。

――やっぱり、試着しなくてよかった――

「ノゾミちゃんも着てみる？」

シズカは立ち尽くすノゾミを気遣ったが、ノゾミはその声にすら、傷ついた。いつだってそう。シズカはノゾミの先をいくし上もいく。シズカは生まれ持った美貌に加え、スポーツも万能、頭脳明晰、学校行事ではいつも目立ち、高校から始めたチアリーディング部では、シズカのダンス見たさに外部からも見学者が駆けつけるほどの人気ぶりだった。そのうえに愛想がいい。時に、さっきみたいに傷つくことを平気で言うが、悪気なく、シズカなりのやさしさだとノゾミは十分わかっていた。

――私がお姉ちゃんみたいにきれいだったら――

――私がお姉ちゃんみたいにスポーツが得意だったら――

――私がお姉ちゃんみたいに賢かったら――

ベッドに横たわると、いろんなことが思い出された。学生時代は【シズカの妹】という色眼鏡で、階や棟を越えて教室まで探しに来られた。【シズカの妹】が私だってわかったときの落胆の視線がフラッシュバックで押し寄せてきた。高校と大学は姉とは別の道を選んだが、どこでどう探すのか、【シズカの妹】として見つけ出され、繰り返される怒りは、呆れを超え、悲しみに変わった。時に姉に対して歪んだ感情が芽生え、姉を避けていたこともあったが、父も母も祖母も祖父も、その様子を察してか、「自慢のお姉ちゃんだね」って交代に声をかけてきた。暗に仲良くするように言われている気がして、さらに、強く複雑な呪縛で苦しめられてきた。いつだったか、姉は、リビングのソファでぼんやりして、勉強もチアリーディングも両立し続ける辛さやまわりからの期待に応えるために必死だと嘆いていたが、ノゾミには、贅沢な悩みにしか思えなかった。どうして、同じ姉妹なのに、コンプレックスを与えるの。悔しさと惨めさでノゾミは泣き疲れてしまった。

ノゾミは形を変えた雲をしばらく眺めていた。

「コンプレックスを抱えて生きていくしかないの？」

問いかけられたジャムは「劣等感ってこと？」と聞き返したが、ノゾミは答えられなかった。

「コンプレックスにもよるっていうか、解決できることとできないこと、あるよね。たとえば、背が低いことがコンプレックスならヒールを履くとか、髪が薄いことがそうなら帽子をかぶるとか。でも、そもそも、背が低いことをチャーミングと思っている人も髪が薄いことを印象に残る強みや特徴と思っている人もいるよ」

ノゾミはコーヒーの柑橘系の香りを吸い込み、心のどこかで、そんな人は強い人だと思った。

「素敵なコートを見つけて、私には似合わないって、言い訳じゃない？　着たい服なら、着ればいいよ。自分をディスカウントするなんてもったいない」

「ディスカウント？　値切るの？　お店みたい」

「そうだよ。30％オフとか半額とか気づいたら70％オフ。コンプレックスというかわからないけれど、人には触れてほしくないもの、忘れたいもの、抱え込んだものがある。まったくない人を探す方がたいへん。捉え方で自分のバランスを保ってるんじゃない」

ノゾミはリビングのソファに横たわる姉を回想し、姉にも、そういったものがあるかもしれないと思った。

「I am O.K. You are O.K.」

後ろからケイが明るい声で入ってきた。

「私もよくて、あなたもいい……？」

「うん。ノゾミはノゾミ。お姉ちゃんはお姉ちゃん。誰にも遠慮なく、自分を喜ばせて」

ジャムは、後はケイに任せて、秋晴れの陽だまりで居眠りを始めた。

「はーい、お待たせしました。揚げたてと新鮮で、シャキシャキ、音がするから」

ノゾミはパンからはみ出した具材に歓声をあげ、サーモンフライ・レタスサンドを手づかみで頬張った。


また、おいで。

# Time Is Money
## ――頑張っているねって言われたい

自分自身

「今日、やっと公休なんです。なのに起きたら昼前で、あわてて、出てきたから、ニット帽で髪の乱れに蓋をしたんです」

カウンターの前に立ったリリカをケイは面白い子だなと思った。

「今からブランチを食べて、先週から始まったルーブル美術館の展示に行って、帰りに図書館に寄って、本を返したら、この前はうまくいかなかったハーブソースにチャレンジするの。昨日のうちに、鶏肉を漬け込んであるんです。あ、ボジョレーヌーボーも買ったままだ。それも飲まなくちゃ。ケイさん、何分くらいかかります？　取りに来ますね」

リリカはテラスに出るなり、クロスワードクイズの雑誌を広げ、ジャムを巻き込んで、解答を書き入れ始めた。腕時計をちらりと見て、ベストタイミングでカウンターまで取りに来たリリカは、アイスカフェオレで喉を潤し、出来立てのツナサンドを食べ始めた。

「リリカは行動的だね」

「そう？　一日二十四時間。一年三百六十五日、時間は貯金できないからね」

「なるほどねー」

ケイはオーブンの火加減を合わせ、テラスにいるリリカとジャムの横に並んだ。

「それにね、時間は誰にも平等でしょ。お金持ちもそうでない人も、男も女も、老いも若きも、西も東も北も南も」

「やっぱり、リリカ、面白いね」

「やっぱりって？」

あたふたするケイをそっちのけで、リリカの早口は止まらない。

「仕事の仲間がね、行動しないから、イライラするのよね。取り組みが遅いというか、いつまでたってもやらないというか、一緒にランチに行っても、お店どうするぅ、に始まって、ピザとパスタとライスの日替わりと三つしかないのにまた迷う。んで、ケイさん、また、食後の飲み物がすぐに決められない。そのうえ、ドルチェとかいう小さいデザートを付ける、付けないで、また、迷う。写真も説明文もあるのに、わざわざ店員さんを呼んで、これ、どういう味ですか、お腹いっぱいになりますかって、お客さんの腹具合まで店員さんは知らないってね。だから、最近は、ランチは一人なんです。さっと食べて、銀行に行ったり、コンビニにチケット代を振込みに行ったり、ブラブラ歩いたり、いろいろと片付いちゃう」

リリカはストローで氷を揺さぶって、また、腕時計を見た。

「そういう人に限って、書類の提出期限がギリギリなの」

「過ぎてないから、よし」

「ま、まぁね」

リリカはジャムに言われ、確かにと思い、突然、家族の顔が浮かんだ。

「子どもの頃から、早くしなさい、早くしなさいって、両親に急かされたなぁ。うち、共働きだったんです。年子の妹と弟がいたから、さっさと動かないと怒られたし、妹や弟より注目されて、褒められたかったしね。中学生になって、弟がもう一人生まれて、その頃には、両親も余裕ができたのか、ゆっくりのんびりしている家庭になっていて、弟がうらやましくて、ちょっと、さみしかったの。だから、練習が厳しい部活を選んで、塾にも通わせてもらってね。友だちとも無理して遊んだし、弟の面倒もみてたなぁ。両親も褒めてくれたし、部活の顧問も担任も頑張ってるって言ってくれた」

忘れていた過去のページが開かれたように、リリカは振り返った。

「ほんとはね、手帳は予定で埋めつくしてないと不安だし、何かしていないと落ち着かない。あれこれ手を出しすぎて、ダメにしたものとか、あ、食材とかね、自宅学習の教材とか、いくつかあるの。いつも頑張っているふりをしていたのかも」

ケイはリリカの子どもの頃の話に目の前のリリカを重ね合わせた。

「時間を大切にすること、僕も見習いたい」

「ケイさんにそう言ってもらえて、うれしいです」

リリカは安心したように、コーヒーを飲み干した。店を出るリリカに、ジャムは見送りがてら、声をかけた。

「ねぇ、リリカ。時間をかけていいことも、かけた方がいいことも、のんびりして、また、頑張れることもあるよね」

リリカは、とびきりの笑顔で、「はい！」と返事をして、海辺からも大きく手を振って、帰っていった。

「素直ないい子だったね。今日は少し早いけど、閉店するね」

ケイは、出入口のウェルカムボードを片付け、【CLOSE】を表示し、カウンターの中に入った。サーモンカルパッチョと二種類のチーズ、サラミを一つの皿に盛り、冷蔵庫の奥からシャンパンを取り出した。壁の鏡の前を通る度に、毎回、鏡の色を確かめては、テラスで待つジャムの元へ運び終えた。

「ケーキは食後に焼きあがるよ」

アロマキャンドルの火を灯し、本人不在の誕生日を祝った。

ハッピー　バースデイ　ディア　ハル。

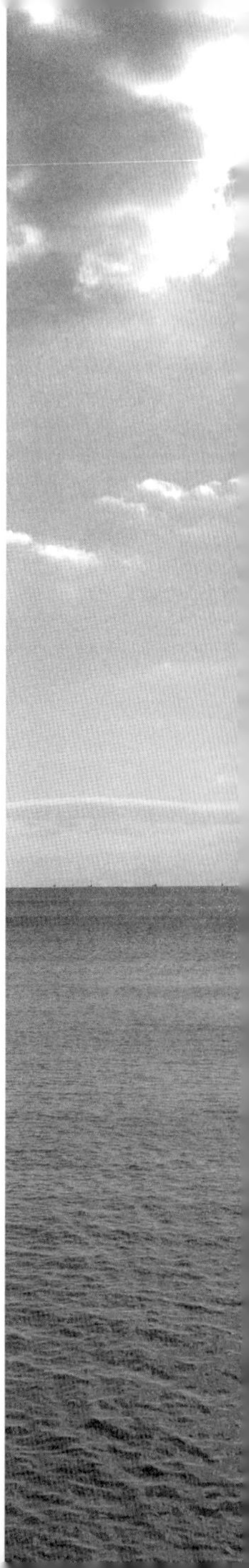

# 冬

冬には、
口触りやさしい陶器のカップで
ほっと一息、ついてみる。
マフラー、手袋、ニット帽、
防寒しても足りないなら、
こころも風邪をひかないように、
僕があなたをあたためてあげたい。
泣いていい。甘えていい。
すべて、やっていい。

# オリオンの輝き
## ――へこんでいる友人を元気づけたい

対人関係

まっすぐに伸びる水平線を夕日が照らし始めた。オレンジ色にジャムも染まる。ジャムは何を考えているのだろう。ケイは時々、ジャムの気持ちを想像してみる。

「きれいですね」

ホットカフェオレを飲み干したミサキはケイとジャムに声をかけた。

「うん、ここからの眺めは最高」

三人は、一言も交わさず、沈む陽を見届けた。

ミサキは早番の仕事を終え、幼馴染みのジュンペイが待つ店に急いでいた。駅前はクリスマスシーズンに合う星やモールで金銀に彩られ、行き交う人の目を楽しませる。ジュンペイはこの彩りをどんな風に感じたのだろう、覚悟のうえで転職をしたのに、ことごとく、

うまくいかないと嘆くジュンペイをミサキは思いやった。

「ごめんね。待たせてしまって。ギリギリのところでお客さんがきたの。でも、私の一押しセーターをお買い上げいただきました」

ミサキは努めて、明るく振る舞うが、今のジュンペイには笑顔はむずかしい。それを察したミサキは、事態は好転せずと理解したが聞いてみた。

「んで、どう?」

「まー、ぼちぼち」

よかった。ミサキは心のなかでつぶやいた。これなら、数年ぶりの地元仲間の飲み会にも来るかもしれないと誘ってみたが、「そうだね」とジュンペイは言うだけで関心を示すわけでもない。次の話題を探そうとしているときに、ジュンペイは重たい口を開いた。

「俺、もうだめだと思う」

深刻な状況を感じずにはいられないジュンペイの表情にミサキは言葉を失った。

「俺は何をやってもうまくいかない」

ジュンペイは、昨年の就職先の突然の倒産、その前の就職先の担当部署閉鎖、そのまた前の就職先でのバイク事故に遡り、不遇を嘆いていった。聴くことしかできないミサキに、失敗した大学受験、その原因は、高校時代の部活を夏で引退しなかったこと、担任の進路指導が不適切だったこと、何年も前の出来事に苦しい表情を見せた。

「俺は何一つ、やり遂げたことがない」

「そんなことない」

「ミサキになにがわかるのっ」

　被せるように否定したミサキに、ジュンペイの声は怒号となった。店内の一番端っこの客もパソコン画面に夢中だった隣の客も、テーブルの間を歩く店員も全員が、一斉に二人に注目した。ケンカが始まったのではないとわかると、それぞれの時間に戻り、店員も近寄ってくることはなかった。ジュンペイはミサキに一瞬、目をやり、「ごめん」と悲しく詫びたが、ミサキは、自分の無力さに、しばらく、ジュンペイの方を見ることはできなかった。ジュンペイは、気まずい空気に、もう一度詫びてから、ぽつりぽつりと話し始めた。


　ミサキは潮の香りをぐっと吸い込み、空っぽのカップを手に視線を落とした。

「私、何も言ってあげられなかった。なんて言っていいのかわからなかった。ジュンペイが辛いのに、大切な幼馴染なのに、力になれない。何もできることがない。情けない……でも、別れ際にジュンペイが笑ってくれたのがせめてもの救いだった。ジャム、聴いてくれてありがとう。元気がでた。約束があるから、帰るね。本当にありがとう」

ミサキの話をただ聴くだけだったジャムはようやく口を開いた。

「暗いから、気を付けてね」

「うん。ジャム、ほんとうにありがとうね。聴いてくれてうれしかった」

ミサキは、カウンターに置いてある手作りクッキーの詰め合わせをケイに渡し、財布を手に取った。ケイは壁の鏡に映るミサキの後ろ姿になぜだか安心した。

「ミサキちゃんが聴いてくれるだけで、元気が出たんじゃない」

「え？」

「ジュンペイ君」

ミサキはテラスに座るジャムに駆け寄り、抱き締めた。

「ジャム、ありがとう」

遠くの空に瞬くオリオン座をジャムは少し照れて見上げた。


また、おいで。

# ライバルのあだ名

## ——苦手な相手に合わせたくない

対人関係

「ここはどうしてこんなに穏やかなんですか」

タマキは手袋を脱ぎ、アイスカフェ・マキアートにストローを入れた。

「そう？　毎日いるからよくわからないけど、ありがとう」

ケイはタマキに礼を言い、焙煎の出来栄えにも満足した。

タマキはミナヨと一緒に部長に呼ばれ、次のプロジェクトは部署チームを越えての取り組みになることを告げられた。チームは六つに分かれているが、今回の依頼は、過去の社としての経験から、規模を踏まえ、タマキとミナヨのチームが選抜された。全国五大都市で開催される食の博覧会のイベント会場の一切をタマキの会社が受注していた。ファッションショーやダンスショー、お笑いなどのプログラムを組み、飲食ブースとしても楽しめ

る空間の総合プロデュースは、購買促進の目的はもちろん、出演者は地元の専門学生やクラブチームを募り、地域交流を兼ねた二つの目的があり、博覧会を飾る目玉でもあった。

部長が退席し、タマキは苦手意識のあるミナヨに声をかけた。

「ハラダさん、一回目の打ち合わせ、いつにしますか?」

「今、決めなくてもいいんじゃないですか。昨年の資料にじっくり目を通したいんで」

タマキは歩み寄りを削がれた気がして、挨拶もせず、先に会議室を出た。

——ハラダミナヨ。ハラヨ、なによ、感じ悪い。さらっとでいいじゃない。それに、こっちは、他の仕事も抱えてるのよ。日程、ハラヨには合わせられないわよ——

タマキとミナヨは転職組の同期で、入社して十二年、今では二人ともがリーダーの中でも二大巨頭と呼ばれるまでになり、見え隠れする派閥はあるが、部下や後輩たちの憧れでもある。タマキとミナヨは、担当部署や部署内のチームでも一緒になることはなく、お互いが実力を発揮し、リーダーとして会議で顔を合わせることになった。発言の際、理路整然と進めていくミナヨに、腹の中が見えないとタマキはハラヨと勝手にあだ名をつけ、ばれないように斜に構えていた。


「嫌いなの?」

ストレートに聞いたジャムに、タマキはごぼごぼ咳き込んだ。

「そういうわけじゃないけど、ウマが合わないというか、緊張するというか」

「嫌いなんだよね」

「まぁ」

「認めたらラクだよ。誰だって嫌いな人はいるよ。相性っていうか、今までの自分への関わり方やまわりの人への関わり方で、なんか、違うなーっていう人は。でも、注意しておかないと嫌いが前面に出て仕事をする人は下品。自分で自分の品格を下げているからね」

ジャムは仕事の話になると、いつだって、厳しくなった。

「仕事だから、辞めるか異動とかしない限りは続くわけだからね。うまく健康的にやらないと」

「相手に合わせるの?」

「そうじゃなくて。やりづらいって決めつけても相手との関係は発展しないよ。今まで十二年、ずっと、一緒にならなかったんでしょ。せっかくの機会、もったいない」

――もったいない――

自分にはなかったジャムの発想にタマキは自分の未熟さを省みた。同時にケイが颯爽と現れ、口を挟んだ。

「だいたいね、気心を知り合う前は、コミュニケーションがいいなんて、相手が自分の思いどおりの反応を示してくれるから言うんだよ」

ケイの一言目の意外な口ぶりに、タマキは驚いたが、ケイは気にせず、熱弁を振るった。

「身近なことだってそうじゃない？　映画行こうよ、行く、靴は白にする、いいね、って。おーっ、会話は弾む。でも、映画？　行かない。靴？　白より赤でしょ、って言われたら、あの人とは合わない、わかってないなーって思う」

タマキは、ケイの表情豊かに身振り手振りを交える姿に圧倒された。

「タマキちゃん、合わない、わかってないなーって人とはどうする？」

「えっ……避ける」

「そうだよね。コミュニケーション自体、取ろうとしなくなるよね。相手とは誤解も生じやすくなるし、違いを理解するに至らないよね」

「なるほど」

「結局、自分の意見に賛成してくれたら、コミュニケーションがいいって思うんじゃない？もしかしたら、勘違いでも」

ケイが自信たっぷりに言い切るので、タマキの気持ちもすっきりした。

「人って都合がいいんだね」

「何？　タマキちゃん、今頃、気づいたの？」

ケイのクールな言い方がタマキは可笑しくて吹き出したが、ジャムが真面目な顔でひょいと現れた。

「今回のプロジェクトにたくさんの人に来てもらって、食べてもらって、楽しんでもらう。いい空間を作りたい気持ちは、ハラヨも一緒だよね」

「……今、ジャムに言われて、はっとしました。ほんと、そうだと思います」

「うん。じゃ、ハラヨがどう考えてるか、何を優先して、仕事を進めたいか、どうして、資料にじっくり目を通したいって言ったのか、知ることで、コミュニケーションは違ってくるよね」

ジャムの言葉はタマキに突き刺さった。

「私、知ろうともしてなかった。そうですよね。相手のやることには理由がありますよね。明日、まずは二人で話してみます……って、ジャムまで、ハラヨって」

「心のなかで思っていることは意外と態度に出るからね、もう、人に言えないあだ名で呼ぶんじゃないよ」

「はーい」

タマキが元気のいい返事をしたところで、注文しておいた大きなもみの木を宅配便のお兄さんが配達してきた。ケイはタマキに飾りつけをお願いして、あっという間にカフェはクリスマス仕様になった。ジャムの頭とシッポにも☆が輝いていた。

また、おいで。

# アロマキャンドル

## ――喪失感や寂しさが消えない

家族

宝石を散りばめたように太陽の光が水面に反射している。街中のクリスマスイブに耐えられないとわかっているソウタは朝早くから家を出た。何時間もバスに乗り、各停電車に乗り継いで、また、バスに乗って、目的もなく、ただ、なんとなく、ここへたどり着いた。

ソウタは海辺を歩いて、体が冷えていたのだろうか、迷わず、店内に入り、着席すると、カップで暖をとるように両手で包み、手を温めてからコーヒーを無心ですすった。口のなかで余韻する芳醇な香りはソウタの心も温め溶かした。

「妻に会いたい」

ケイはアロマキャンドルの火を灯して、ソウタの隣に腰かけた。


みんな、楽しそう。みんな、幸せそう。みんな、待ち合わせの場所へ向かうように見える。

ソウタは一人取り残された気持ちで今日も自宅の最寄り駅に着いた。足の向くまま閉店間際のスーパーに寄り、総菜コーナーで目についたものをカゴに入れ始めた。

――〈野菜、しっかり摂らなくちゃ。栄養バランスを心掛けてね〉――

アキの声が聞こえ、キョロキョロと見回したが、閉店を知らせるアナウンスで我に返り、寒空の下、コートの襟を立てて、マンションを目指した。電気は点けたまま、出かけるようになった。かじかんだ手で玄関の鍵を開け、返事はないのに、また、「ただいま」って言ってしまう。

「アキ、これ美味しいよ」「アキ、風呂入ってくるよ」「アキ、今日さ、部長に企画を褒められたよ」「アキ……アキ、アキ、ねぇ、アキ……」

ソウタは写真の妻を抱きしめた。いつの間にか眠ってしまったのか、電話に起こされた。アキの母親だった。

「そうですか。はい、それはよかったです。アキから好きだって聞いてたんです」

先日、出張先からアキの実家宛てに明太子の詰め合わせを送っていたお礼の電話で、久しぶりに聞いたアキの母親の声は初めて会った頃のように、穏やかだった。アキの病状が悪くなるにつれ、お互いを気遣うように多くを話さなくなっていった。きっと、長く話せば、どちらからともなく、泣き出すことをアキの母親もわかっていたからだろう。最近は出張が月に三回ほどあること、実家の犬に赤ちゃんが生まれたこと、日本酒好きのお義父さんとまた飲みたいこと。

──また、こんな明るい話ができるようになったんだ──

心が晴れた束の間、「アキのことは早く忘れて、いい人を見つけてほしい」と、電話の切り際、アキの母親は涙混じりに懇願した。ソウタは電話を握りしめたまま、写真のアキに語りかけた。

「アキ、僕はどうすればいいんだろう。僕がアキを愛し続けるのは、お義母さんを悲しませるということなの？　アキも悲しいの？」

答えてくれないアキの写真にソウタはうなだれた。

次の日、職場の同僚キザキと休憩室で一緒になると、熱いお茶を「ついで」だと言い、持ってきてくれた。キザキの彼女とアキと四人でスノボやキャンプ、食事にもよく出かけたものだ。彼ならわかってくれるだろうか。

「どう、落ち着いた？　今度、飲み会やろうよ。三回忌も終わったんだし、そろそろ、いいんじゃないか」

ソウタは返事をせず、注文している配達弁当をひとつ取り、なんの期待もなく蓋を開けた。

「カボチャのそぼろ煮ってアキがよく作ってくれたんだ」

アキの手料理を思い出し、ソウタは思わず、独り言のようにつぶやいた。今度はキザキが何も言わず、ソウタはその表情をみて、アキの話をしてしまったことを省みた。

「ソウタ、まだ、若いんだし。これからの人生を考えてもいいんだぞ」

キザキの精一杯の励ましに、アキの母親の涙声を思い返した。ソウタは、潤んだ目から涙がこぼれる前に、弁当をかっ込み、席を立った。


ソウタは、力なくコーヒーを飲み干した。チラつき始めた粉雪にケイは、コーヒーをもう一杯勧め、ソウタはストーブの前に移動した。

「同僚以外にも、女性がいる飲み会に誘ってくれたり、早くいい人見つけてとか、そういうこと言ってくれる人もいるけど、今の僕はとうていそんな気持ちになれなくて。あ、ごめんなさい」

ケイに気を遣わせると思い、ソウタは途中で話を止めた。

「奥さんってどんな人だったんですか」

ソウタはケイの質問に意外そうに驚いたが、初めて見せる満面の笑みで、今は亡きアキとの思い出をぽつりぽつりと話し出し、携帯電話の専用フォルダーにたくさん入ってある写真も見せてくれた。気づけば、ジャムは、歩き疲れた足を癒すかのように、ソウタの膝に座っていた。

「もう、こんな時間。付き合わせてしまいましたね」

「いいえ、ありがとうございます。また、奥さんのお話、聴かせてくださいね」

ケイは素敵なご夫婦の話をもっと知りたいと思った。

「妻がとてもコーヒーが好きだったんです。妻のおかげでここにも立ち寄れたし、ケイさんとジャムに会えた。妻が幸せな時間をプレゼントしてくれたんですね。妻から始まる出会いだってある。今日、それがわかりました。ありがとう」

「ずっと特別でいい」

ジャムのやさしさはソウタの心を包み込んだ。一瞬の静けさの後、焚火で海辺がぱっと明るくなった。澄ました耳に、ボサノバギターが奏でるホワイトクリスマスが流れてきた。


また、おいで。

# 卒業旅行

## ——結婚チャンスを手放した後悔

自分自身

ジャムは海辺を散歩し、まばらな観光客に「ネコちゃん、かわいい」と頭を撫でられ、寒風を忘れて、ご満悦の様子。

「甘くてあったかいコーヒー、ありますか」

「はい、体も心もあったまる一杯、淹れますね」

マドカはマフラーを巻いたまま、ダウンコートを脱いで、居場所を見つけたように安堵のため息を漏らした。

十二月の初め、少し早めの忘年会とクリスマス会を兼ねて、高校時代の女友だちは集まった。三十代の半ば、四捨五入すれば四十。素敵な女優さんたちが年齢に関係なく、美と健康、キャリアを大いにアピールしてくれるおかげで、マドカたち世代は、女優さんたち

のような生活は送れないとわかりつつ、それでも、明日への勇気をもらっていた。待ち合わせ場所は十年以上前から御用達のベトナム料理店だった。

「やっぱり、美味しい。私、いつ以来だろ。もう三年は来てないよ。マドカは？」

「うーん。一年くらいかなぁ」

先月、妹を連れてきていたマドカはなぜか気を遣ってしまった。

「そっか。マドカでもそんなものなんだ。ま、いっぱいお店があるからね。でもさ、結婚願望が一番強かったマドカが独身だもんねー。意外」

この話を深められたくなかったマドカは、店員を呼んで追加注文で空気を変えた。

「で、来年の年女旅行なんだけど」

高校の卒業旅行の夜、三十六の年女で海外旅行をしようと盛り上がった二十年前の話を、マドカは切り出した。平日なら、後輩上司に休暇の承認を早めにもらわなくてはならない。

「ごめん。だんなに聞かないと」

「うちは無理。まだ下が四歳だからね。ほんとにごめん」

「私は日程次第かな。主人が毎日遅いの、子どもたちの面倒を頼まなきゃ」

――みんな、自分のことを自分で決められないんだ。私は一人だから気楽――

「マドカはいいよね。一人だから誰にも気兼ねなく決められて。気楽よね」

友だちでも他人に言われると腹立たしかった。愛想笑いで乗り切ったが、悪気はないであろうその言葉は、食事中もマドカには余韻していた。帰り道、二十二時をまわっていたが、セイシロウにメールをした。電話でなければ、何時に連絡をしても問題のない家庭環境らしく、深夜でも返信してくれる元カレは、公私にわたり、大きな存在として、健全な関係を十年以上続けていた。次の日、セイシロウと半年ぶりに夕飯をとることになった。

二軒目は気楽なファーストフードに移動した。

「貸して」

セイシロウは手のひらをマドカに向け、ペンを催促し、コーヒーをよけて、トレーに敷かれていた紙を裏返し、新築した家の間取りを書きながら説明し始めた。

「一階は車二台置ける駐車場とガーデニングができるスペースだろ、親を呼ぶかもしれないから和室、ダイニングキッチンはアイランドキッチンにしたよ。嫁さん、料理上手いからさ。そうそう、苦手なトマトも食べられるようにしてくれたよ。んで、こっちに子供部屋だろ。今は一人だけど、もう一人くらい欲しいからさ。こっちは……ってか、マドカはもう結婚しないの？」

マドカはプロポーズしたことがある相手に、よくそこまであからさまに言えるよねと内心、呆れたが、若い頃から変わらない無邪気なセイシロウが微笑ましく、質問を繰り返した。

セイシロウは上機嫌で未来計画を披露していった。

――プランター菜園の摘みたて野菜でサラダを作るのは私だったのに――

セイシロウと別れ、誰も待っていない帰路についた。聴いてほしかった話を飲み込んだのは自分のくせに、怒りの矛先はセイシロウに向かい、零時をまわり、「人をバカにしないで」と一言メールを突きつけた。翌朝、「なんのこと?」と返事が来ていたが、自己嫌悪に陥ったマドカは、夜になって、やっと、「ごめん」と詫びた。

「思い描いた人生じゃない。平穏な家庭、家族、一番欲しいものを手にできなかった。私、セイシロウのプロポーズを二回、断っても、余裕でいたの。専業主婦になりたいって言ってたのに、仕事のキャリアが惜しくなってね。次の企画が終わったらって、引き伸ばした。でも、彼に振られて。それから、仕事もね、うまくいってないの。もうずっと長い間、ぽっかり穴が空いたみたい。彼にはすぐ新しい恋人ができて、結婚した。自分で手放したのに、今さら、未練がましいよね」

「そう。手放したのは自分。誰でもなく、マドカ」

海辺から戻り、マドカの話を聴いていたジャムが隣に座っていた。

「だから、自分で未来は変えられる。これからどうするのか選ぶのはマドカ」

「……選べるの？」

ジャムは、ゆっくり瞬きをして、マドカの不安を包み込んだ。

「実は僕、結婚を考えていた恋人が突然いなくなったんです」

ケイの告白に驚いたマドカは、微かな動きさえ止めた。

「恋人や夫婦が1＋1って、足し算で積み上げるってカップルを表現するたびに、僕らは、1×1って、思ってた。『1』をかける前とかけた後の『1』は、目には見えないけれど、独りだったときよりもパワーアップしている『1』だって、どこかで、足し算ペアをバカにしてた。でもね、恋人がいなくなってから、やっぱり、足し算だなって痛いほどわかった。かけ算はどちらかがゼロになったら、二人ともゼロになる。一人がマイナスだと二人ともマイナス。恋人が苦しんでいるときに手を差し伸べることも、声をかけることも、できなかった。恋人がそばで悩んでいることに気づいてあげられなかったんだからね。話してもらえることも何もないまま……。でも、でもね、もし、過去の自分を変えたいなら、あの時が後悔になるか、きっかけになるか、それも未来の自分で変えられるって……僕は、ジャムのおかげで思えた。だから、大丈夫、マドカさんもこれからを自分で選んで」

海面に消えてなくなる淡雪は、月明りに照らされ、幻想的で美しかった。ケイはコーヒーを淹れ直し、すやすや寝息を立てるジャムの横で、マドカと無言で時を過ごした。

「ありがとう。じゅうぶん、体も心もあったまりました」

「僕の方こそ、ありがとう」

マドカは、ダウンコートを寝床にしていたジャムをそっと揺り起こした。まだ、目が開かないジャムの背中に、マドカは、マフラーを外して、そっとかけた。立ち上がったケイにマドカは口元で人差し指を立て、「静かに」と示し、「また、来ます」とゆっくり声に出さず、告げた。


また、おいで。

対人関係

# 共有フォルダー

## ——人間関係に一歩踏み出したとき

新しい年が明けた。元旦は臨時休業ではなく、ふらっと立ち寄りたい人のために、いつもどおりに開店準備をはじめたケイとジャムは、広大な海に両手を合わせ、お客様の健康と幸せ、そして、ハルの笑顔を祈った。

「あけましておめでとうございます」

壁の鏡の前に立ち、エプロンの腰紐を結ぶケイに、髪を結い、華やかな着物姿の女性が笑顔で挨拶をしてくれた。

「サトコ？　きれい」

夏の日、職場の人間関係に悩み、ジャムに「明日、地球が滅亡するならどうする？　なんて言ってくる人なんて、無責任」と諭されたサトコだった。

「ずっと、お正月に着物を着たかったの」

サトコは、はにかみながら、振袖がよく見えるように両手を広げた。

サトコはジャムの言葉を胸にあれから考えてみた。このまま、職場の同僚を避けて通るわけにもいかない。サトコは、正しいやり方ではないと思ったが、同僚のメールに「お話があるので、少しお時間をいただけませんか」と送信した。三分後、同僚から「了解です。昼休憩に入る前に声をかけてください」と返信がきた。

サトコは、勇気を振り絞って、同僚に対して、無駄が生じないようにお互いの進捗を共有できる工夫を具体的に示して、意見を聞いてみた。

「私も改善したいとは思っていたの。みんながあなたを心配するから、私はちょっと冷めた目で見ていたの……ごめんね」

「私もごめんなさい」

「新しい共有フォルダー、ありがとう」

サトコは自分を省みて、同僚の言うことも十分理解できた。心臓が飛び出るほど、ドキドキしたが、何より、話してよかったと思えた。

「あのときはありがとうございました。少しだけど、自分で決めて行動できるようになりました。これ、よかったら」

サトコはジャムにマフラーを編んでくれていた。赤と青の太目の毛糸がとてもあったかそう。ケイには、自分の好きな詩集をプレゼントしてくれた。夏にやってきたサトコとは別人のように堂々として、キラキラ輝いていた。

「私のお気に入りのページに栞を挟んでいます。美しい景色の写真もいっぱいなんです」

「うれしい。ありがとう」

ケイは、詩集もサトコ自身にもほんとうにうれしくなった。ケイは心を込めて、初コーヒーを淹れ、新年への期待をモカ・ラテロイヤルで乾杯した。サトコは今年やってみたいこと、行ってみたいところ、話してみたい人、話が次から次へと止まらない。ケイもジャムもワクワクしてきた。

「そろそろ、初詣にいってきます。ケイさんたちは？」

「僕らは夜にサブちゃんたちと行く予定」

「よろしくお伝えください……あ、私、彼氏ができたんです」

サトコの頬が照れたように、ほんのり赤く染まった。

「そうなんだ。今度連れてきてね」

「ありがとうございます。でも、ここは私だけの場所にしておきます」

ケイとジャムは慣れない草履のせいか、待ち人への想いか、いそいそと歩くサトコの後ろ姿を見送った。

また、おいで。

仕事

# 涙の容量

## ――リーダーの役割を全うしたい

「ケイさんはいいですよね。気の合うジャムとだけ、仕事ができて」

店内のエアープランツの枯葉に潜んでいた小さな虫を逃がし、植物たちの冬越しの世話に余念がないケイを、ストロベリー・ラテを飲みながらマジマジと見ていたフウコは、不満げに漏らした。

「私は部下に恵まれていない」

無表情で窓ガラス越しに海を眺めたフウコにケイは近寄った。

朝礼が終わり、それぞれが担当業務に就くなか、フウコは夜勤明けのスタッフを呼び止め、申し送りの時間が大幅に超過したうえに内容も的を得ないと叱責した。疲れ果て、ただただ謝るだけのスタッフを労うことはなく、子どもの体調不良で欠勤したスタッフの調整に取り掛かった。予定外の状況に苛立ちが大きくなるなか、中堅スタッフがフウコに声をかけた。

「二〇一のイナダさん、お風呂に入りたくないって仰ってるんですけど」

「えー、なんで」

フウコは顔をしかめ、不満を露わにした。

「前回、洗髪のとき、目に石けんが入ったのに謝ってくれなかったって。長男さんの仕事が忙しいらしくて、三カ月ほど面会もないので、さみしいのかもしれません。食事量も減っているし、大好きなカラオケも参加されないので気になってはいるんです。先週まで、お風呂だって、朝一番に楽しみにされていたのに」

フウコは中堅スタッフに目も合わせず、舌打ちまじりに突き放した。

「とにかく、お風呂には、入ってもらって。午後から受診もあるの、今すぐ」

通りがかった別のスタッフにフウコの気持ちは向いていた。

「ナカモリさん、あれ、できてる？」

「あれって何ですか？」

「もう、いい」

朝から続くスタッフとのやりとりに、フウコの苛立ちは一層強まった。月末の報酬計算や介護計画のモニタリング、シフト作成はルーティンとはいえ、昨日は、転倒事故があり、受診や家族対応に追われた苛立ちをフウコは発散する気で、パソコンをたたく音を強打に変えた。

「リーダー、すみません……」

今度はまた別のスタッフがフウコに恐る恐る声をかけた。

「何？　私のパソコンの音でイライラしてるって気が付かないの？」

「でも、先週お願いしていた企画書の確認を……」

「でもってさ、私の性格知らないの。期日三日前じゃないと早めに出されても困る」

「はい。申し訳ありません。明日が施設長に印鑑をいただく期日なんです」

「他の人はみんな、私の性格をわかってるわよ。どれ」

フウコは企画書からはみ出た付箋にうんざりした。

ぐっすり眠っていたジャムは、話に加わるように、ケイの隣に座った。

「出来の悪いスタッフは、やめたらいいのに。やめてくれないかな」

「ほんとうにそう思ってるの？」

「え？」

ケイの悲しそうな顔にフウコは戸惑い、肯定も否定もできなかった。

「どうしてやめてもらいたいの？」

珍しく食い下がるケイをジャムは黙って見ていた。

「……私の空気を読まないし、同じことを何度も言わせるから」

「そっか。出来が悪いってそういう意味なんだ。スタッフさんたちのいいところはないの？期日前に企画書を出してるし、付箋も貼ってわかりやすくしてくれてる。そのお風呂に入らないイナダさんの食事とかカラオケとか家族の面会まで、ちゃんと把握してるじゃない」

「そうなんだけど……褒めたら負け」

「どういうこと？」

「褒めたら調子にのるし、ゴマをするようでいやだし。甘い顔すると舐められるし」

ジャムはフウコの弱さを垣間見た気がした。ケイは、何かに着火されたように、興奮気味に眉毛を上下させた。

「フウコちゃんの部下にはなりたくないね。性格や空気を読めなんて、何それ。褒めたら負けって、フウコちゃんは何様？　人は失敗せずにできていても、そのままでいいんだよ、助かっているよ、ありがとうねって言ってもらわないと不安になるもんだよ。ちがう？」

フウコはわっと泣き出し、ケイは熱くなった自分にもびっくりした。

「ありがと。そんな風に怒ってくれる人がいなかったから」
しゃくり上げるフウコにケイは何度も謝り、焙煎し立てのホットコーヒーを淹れ直した。

三年前、フウコは介護施設のリーダーになった。経験でいえば、他の職員の方が長い人もいたが、ていねいな利用者対応を施設長が見込んでくれ、新規開設の際、異動とともに昇格した。フウコは喜びより、先輩を差し置いて自分がリーダーになったことへのプレッシャーを強く感じていた。いろんな価値観の人がいて、どれもこれも正しいと思え、また、相手を大切に思い、意見を受け入れるため、八方美人と陰口を叩かれるようになっていた。その時の最優先や最善を選んだ指示や意見のつもりが、コロコロ変わってついていけないと批判を浴びた。年上の部下からは頼りないとぶった斬られ、年下の後輩や新人は、長いものに巻かれろと言わんばかりに、フウコから離れ、フウコは孤立していった。スタッフの退職が続いたが、残ってくれたスタッフはフウコの理解者や仕事に専念する人たちで、人の入れ替わりに準じ、フウコは、意を決し、今のフウコになった。施設長はフウコを心配して、諭したり励ましたりしたが、自分を抜擢してくれた恩に、権威という意味で強くなるしかないと信じてきた。

「スタッフにいろいろ言われて、本当は悔しかったし、泣きたかった。でも、弱音も吐けなくて……ケイさん、私、つらかったんです」

ケイは号泣するフウコを、しばらく見守った。

「フウコちゃん、ごめん。僕はここをやる前に人材派遣会社に勤めていたんだ。派遣先のいろんな管理職に出会って、上司は部下の職業人生に大きく影響してるなって思ってきたから、つい、フウコちゃんの部下の気持ちになってしまって、きついことを言ってごめんね」

フウコの目を、ケイはまっすぐ見つめた。

「明日、ひとりひとりに謝ります。許してくれるかわからないけれど、もう一度、やり直します」

真っ赤に目を腫らしたフウコは、穏やかにマフラーを巻き直し、席を立った。

ジャムは、フウコに駆け寄って、今度は、フウコの耳元でこっそりささやいた。

「人にやさしく」

「自分に甘く。たまにはね」

ジャムの思いやりに、さっき飲んだストロベリー・ラテの甘酸っぱい香りをフウコは思い出した。

「ケイさん、叱ってくれて、ありがとうございました」
ケイはフウコを心からのエールで見送った。

また、おいで

# バレンタインクッキー

## ――気遣いばかりでうまくいかない

バレンタインを盛り上げる一杯は、コスタリカとブラジルとインドネシアと3つの産地をブレンドした特別の味わい。ダークチョコレートの濃厚さにホイップクリームはお好みで、♡型のメッセージカードに、ジャムは日ごろの感謝を手形スタンプに込めた。

店内カウンターに座ったユリナは大切そうにカップを両手で包み、そっと、唇を寄せた。カードを手に取り、ジャムの足跡だとわかったユリナは、くすっと笑って、ジャムを見た。

「ジャムは恋してる？」

いきなりの質問にジャムは、ユリナの隣の席で、照れるように体をくねらせた。

「私の彼ね、とってもやさしいの」

ユリナは口の中に甘く広がっていく感覚を、自分の恋に重ねた。

ユリナは高二のとき、初めての彼氏ができて以来、三人目の彼氏のトオルとは、同じ職場の仲間として、少しずつ、好きになって、いつしか、目で追うようになり、他の女性に親切にしていると胸が苦しくなった。そんなある日、トオルが大事な書類を会社に置き忘れ、商談に出てしまい、気が付いたユリナが相手先の最寄り駅に届けるという機転でピンチを救った。少女漫画のようなことが、一度は起きるものだとユリナは神様に感謝した。

「気づいてくれたのがオオノさんでよかったよ。じゃ、いってきます」

改札口を抜けていくトオルの一言が余韻して、ユリナの片思いは止まらなくなった。

あれから、一年、トオルから告白されたときには、あきらめかけた片思いに涙ぐんだ。

「ようやく新企画が通るようになったし……待たせてごめんね」

トオルの誠実な人柄に包まれ、ユリナは幸せな日々が続いていた。


「じゃ、バレンタインは楽しみだね」

期待が高くなるジャムに対し、ユリナは瞳に影を落とした。

「彼に思ったことを言えなくて」

先日の誕生日、トオルが奮発して予約してくれたレストランのコース料理の最後にでてきたシナモンアップルパイをみて、「これが目当ての人、多いんだって」とトオルにまっすぐ見つめられ、シナモンが苦手なユリナは顔がこわばってしまった。状況を察したトオルは、「残してね」と気遣ってくれたのに、申し訳ない気がして、無理をしてしまう。トオルが探してくれた話題にも、素っ気ない態度になってしまった。

映画だってそう。シリーズものの映画の続編最新作に誘われ、六作品とも全部観たことがないのに、あまりに楽しみにしているトオルに「行きたい」と言ってしまう。映画の後、興奮気味に結末の感想を聞かれたが、ユリナは、口ごもってしまった。トオルは「面白くなかった？」と気を遣ってくれ、それを否定するつもりが、上手く表現できず、不機嫌だと勘違いさせてしまい、せっかくのデートは台無しになった。

「言えなくなっちゃうんだね」

ジャムに安心したユリナは思いの丈をぶちまけるように一気に話しだした。

「私、一番初めに付き合った人から何も言ってくれない、僕のことを好きだかわからない、ユリナには僕は必要ないって振られちゃって。だから、次の彼氏には、食事も映画も特別なイベントの日も、聞かれたら思ったことを伝えていたし、私からもプレゼントは何が欲しいとか聞いちゃって。そしたら、打算的、自己中、合理的だね、がっかりしたって振られちゃって。そんなつもりはなかったの。相手にも負担がないようにって思ってのことだった」

過去の恋愛が頭のなかで再現されたのか、ユリナは涙声になっていた。

「トオルくんに話してみれば。少しずつでいいんじゃない」

ケイはハンカチをユリナに差し出した。

「少しずつ、伝える練習をすればいい」

「練習？」

「そう、なんだって、練習。相手は変わってるんだしね」

ユリナはハンカチを握りしめて、三人三様、これまでの彼氏の顔を思い出した。

「今から、一緒にバレンタインクッキーを焼こうよ」

ケイの誘いにユリナは愛らしい瞳でうなづいた。二人のやりとりに安心して、ジャムはベッドに向かったが、二、三歩進んで、振り返った。

「あ、恋なんてさ、ありがとうとごめんなさいを言えているうちは、うまくいくから」

ジャムは決めポーズをするように、大きく腰を後ろに引いてから、毛布にくるまった。

ジャムがあまりにもかっこつけたので、ケイはボールに小麦粉を袋ごと、落っことした。

毛布から顔だけを出したジャムは、「どんまい」と眠りにつき、ケイとユリナは顔を見合わせ、大笑いした。

また、おいで。

# 折々の花

――誘われるままに何でもやるけど…

自分自身

薄手のコートでも脱いでしまいたくなる小春日和は、受験生や卒業式に贔屓しているようだ。シノは気の向くまま、あちこちを巡り、とうとう、靴下を脱いで、足を浸しながら、波打ち際を散歩していた。

「厚焼き玉子サンドイッチ、それから、この一番端のチョコレートトルテ、マフィンに、本日のアイスコーヒーをお願いします」

「どれか、お持ち帰り？」

「いえ、今、全部、食べます。お昼抜きでいっぱい歩いてきたんでお腹ぺこぺこで」

貝殻とタンポポ、レンゲ、名前を知らない白い花をシノはリュックサックから取り出した。資源ゴミから背の低い缶を拾い、ケイに借りたハサミで、迷うことなく次々に草花にハサミを入れた。シノの手先の器用さに感心しつつ、「そんなに短く切って大丈夫？」ってジャ

ムの心配をよそに、シノは貝殻も使い、あっと言う間に、フラワーアレンジメントを完成させた。

「うわー。センスいい」

「よかったら、飾ってください」

シノはうれしそうに会釈して、「さあー」と出来立てのサンドイッチを頬張った。

「ジャムの趣味ってなに？」

「昼寝」

「質問の相手を間違えた。ケイさんの趣味は？」

「うーん。そう言われるとなんだろうなぁ」

「ゴルフは？」

「元同僚に誘われて、三回、行ったんだけどね、合わなかった。球技がだめなの」

「へぇー。じゃ、読書？　本は読む？」

「実在する人物の歴史ものが好き。生き様とかその人が生きた時代とか知るの」

「小説は？」

「サブちゃんに、ベストセラーのなんだっけ、勧められて借りたけど、推理小説は途中であきちゃった。ＳＦとかファンタジーは苦手」

「え、ジャムがいるのに？　可笑しい」

シノは談笑しながら、ぺろりと平らげ、テーブルはアイスコーヒーだけになった。


シノは待ち合わせ場所にやってきた友だちのカズコに目を奪われた。

「何？　どうしたの、それ？」

カズコが抱える大きな荷物の正体をシノは開口一番に聞いた。

「お琴。おばあちゃん家に遊びに行ったら押し入れで眠ってたから、もらったのよ。やっぱり楽器のひとつでも、しかも日本の楽器を演奏できなくちゃ。ちょうどテレビでタレントさんが挑戦するコーナーがあって、やりたいって思ってたのよ。レンタルもあるらしいから、シノも付き合ってよ」

「え……」

「シノ、何か弾ける楽器あるの？　ないんでしょ」

そんなわけで、カズコの家の近くの教室まで通い出して八カ月が経ったが、カズコは思うように上達しないようで、なんだかんだと理由をつけて休みがち。先月から一度も顔を出していない。シノは、カズコに連絡するのもめんどうになり、若い新人が入ってきたと喜んでいた師匠にも悪くて、流れのまま、続けていた。

ジュンコから連絡がきて、ホットヨガの無料体験に行くことになった。映画を観て、ランチして、買い物のパターンを打破しようとジュンコは活気づくが、シノはジュンコ以外の友だちと遊ぶときは、近場の観光地や美術館、レジャー施設といろんなところへ行っているとロには出せず、指定された日時を迎えた。

「こんなに汗かくんだ。やっぱり、普通のヨガとはぜんぜんちがうわね。入る、入るでしょ？」

チケット制だから、自分のペースで続けられるとか、美への努力を怠るなんて、女として終わっているなど、インストラクターより、説教まじりのジュンコの強引さに負けて、その場で申込書に記入した。最初の一カ月は誘い合わせて週二回のペースで通っていたが、もともと、ジュンコは半年に一回程度、気まぐれに誘われる遊び相手だったので、同じクラスに合わせ、予約を取ることもなくなった。半年後、映画、ランチ、買い物コースで会ったジュンコにホットヨガの近くにできたパスタ屋の話を何気なく振ってみた。

「えー、まだ、行ってるの？　私は、十回分のチケットを使い切って、ボクシングジムに通い出したの。まさか、追加チケットを買ってるとは思ってなかったわ。ね、女性クラスもあるし、ボクシング、行こうよ。やっぱり筋力つけなきゃ」

軽く握りこぶしを作って、ジャブで攻めるジュンコを本気で殴ってやりたいと思った。

シノはその後にもあった友だちとの会話をケイに訴えるように吐きだした。

「高校の友だちと集まったときに、料理くらいできなくちゃって。どうせなら、お米の炊き方、お味噌汁から、スイーツまでの総合コースで。男はなんて言っても、胃袋を掴んでおくといいらしいって、ナミコが言うの。そしたら、サナエが男に頼らず、自立するために語学力よって。コミュニケーションは海を越えていかなくちゃって。それを聞いたマチコが、海外に行くなら、資格よって。日本語学校の先生は、数が足りてないみたいだし、需要があるって。求人票に、四十代、五十代からも転職に最適って書いてあったから、長い目でみて、邪魔にならないと思うんだよねぇって。それでね、全員がシノも一緒にどう？って。もう、腹が立ってきた」

みんなの言いたい放題とそれに付き合った自分を思い出して、時間とお金の無駄使いだったとシノは頭を掻きむしった。

「ケイさん、叫んでいい？」

「どうぞ」

シノはデッキに出て、海に向かって、息をたっぷり吸い込んだ。

「わ〰〰〰〰〰〰〰〰〰〰〰〰〰〰〰〰〰〰〰〰〰！！」

ジャムはシノの大声にロッキングチェアから転げ落ち、駆け寄ったケイに声を漏らした。

「なにごと？」

シノは気が済んだのか、コーヒーをおかわりし、風になびくヨットの帆を数えていた。

「あのヨットに乗っている人、どうしてヨットを始めたのかなぁ」

「ものごとにはなんでもきっかけがあるよね」

ケイはコーヒーとカフェ、ハルのことを振り返っていた。

「やりたいことがわからない。趣味や目標がある人がうらやましい」

「うらやましいの？」

ジャムは丸まっていた体をうんと伸ばして、穏やかに問いかけた。

「なんだか、かっこいい。習い事とか資格習得とか、充実してるって感じがする」

「確かにね。夢中になれることがあるって素敵。いや、夢中になってやっている人が素敵なんじゃない。美しい」

ケイが「じゃ」って思い出したようにキラキラ瞳を輝かせた。

「日常に手を抜かず、大切に生きることも美しいよね。朝の散歩がてら、この辺を掃除してくれているおじさんがいることを知ったよ。サブちゃんとこの自転車屋さんの三軒先の庭には四季折々の花が咲き誇っているよ。手入れしていないと年中、あんなにきれいな花は咲き続かないと思うんだ。小さなところに気を配れるって、なんかかっこいいって、僕は思う」

ケイはカウンター内に戻り、ドリッパーに湯を注ぎ始めた。

「私もそんな人になりたいなぁ。どうしたらなれるんだろう」

シノの風に紛れた独り言にジャムは答えた。

「積極的受動態」

「なにそれ？」

「なんでもいい、じゃなくて、私はあなたの提案を積極的に楽しみます、って。そこから決めたら？　合う合わないもやってみてわかることもあるしね、やったことはシノの血と肉になる。なんつって」

「あ、私のフラワーアレンジメント、これも友だちに巻き込まれたの。その時は楽しかった。センスがあるって先生に褒められたし、自分でもそう思ったし、ふふふ」

シノはジャムが言ったことが経験とつながっていくのがわかった。

「結局ね、自分を持っている人は人によって行動を変えない。態度もね」

「自分を持っている人って？」

「勧めや誘いにのる柔軟性があって、自分の感情と時間を大切にできる人」

ジャムとシノは同時にカウンター越しのケイを見た。

「あ、今年一番の桜が咲いたんだって」

もうすぐ、新しい季節がやってくる。


また、おいで。

## ―― エピローグ ――

海辺のカフェ☆ジャムには、自分を他の誰かと比べて辛くなったり、自分らしさがわからない、見つからないと嘆いていたり、他の人に映る自分に不安だったり、自分を変えたい、変わりたい、そんなお客様がやってきます。

あなたが、少し、心に疲れを感じたとき、この本を思い出して、好きなコーヒーを片手に、ほっとひと息、また、がんばろうって、半歩、一歩、進む勇気をもってくれたら、うれしいです。

あ、それから、きっと、あなたの隣にもジャムはいます。そして、あなたも誰かのジャムかもしれないってことを忘れずにいてください。

ハブ　ア　ビューティフル　デイズ!!

店主　ケイ

## 山本陽子

教員、介護職を経て、企業の教育事業部で商品としての教育を培う。教材制作、専門書及び専門誌への執筆多数。介護・親子関係をテーマにした小説「―ただ、それだけの理由」(2019年・アメージング出版）出版。「さいはてたい」（2009年・文芸社）は、2011年、テレビ朝日系全国24局ネット、「あの海を忘れない」としてドラマ化された。(若村麻由美／綾野剛／小林稔侍（特別出演）／萬田久子／敬称略)

株式会社ケア・ビューティフル代表

https://ameblo.jp/care-beautiful/　　こちらからどうぞ→

# カフェネコ☆ジャムの
# 人《じん》生《せい》相《そう》談《だん》
## ～疲《つか》れた心《こころ》を癒《いや》す、
## コーヒーとネコをどうぞ～

2019年6月25日　初版第1刷

著者：山《やま》本《もと》陽《よう》子《こ》
発行人：松崎義行
発行：みらいパブリッシング
〒166-0003 東京都杉並区高円寺南4-26-12 福丸ビル6F
TEL03-5913-8611　FAX03-5913-8011
企画協力：Jディスカヴァー
編集：小根山友紀子
ブックデザイン：堀川さゆり
写真協力：山本知志（P140、189）
発売：星雲社
〒112-0005 東京都文京区水道1-3-30
TEL03-3868-3275　FAX03-3868-6588
印刷・製本　株式会社上野印刷所

ISBN978-4-434-26180-0 C0093